LA CONQUÊTE

DE

LA FRANCE AFRICAINE

NOMBREUSES ILLUSTRATIONS PHOTOGRAPHIQUES

P. PACLOT & Cie

ÉDITEURS

PARIS

LA CONQUÊTE

DE

LA FRANCE AFRICAINE

P. LEGENDRE

LA CONQUÈTE

DE

LA FRANCE AFRICAINE

NOMBREUSES ILLUSTRATIONS PHOTOGRAPHIQUES

PACLOT et Cⁱᵉ

ÉDITEURS

PARIS, 4, rue Cassette.

LA CONQUÊTE

DE LA

FRANCE AFRICAINE

CHAPITRE 1er

La Conquête de l'Algérie.

La Méditerranée n'est qu'un grand fleuve qui s'étale entre l'Europe méridionale et l'Afrique septentrionale et qui unit les deux continents plus qu'il ne les sépare. De même que le pays de Carthage attira Rome, que le Maroc sollicita les Vandales, l'Algérie, qui occupe l'espace intermédiaire entre ces deux régions extrêmes de l'Afrique Mineure, devait, à un instant ou à l'autre, attirer la France, sa voisine de l'autre côté de l'eau.

Au temps où se produisit l'occasion quasi fatale du rapprochement des peuples riverains, l'Algérie, « pour qui voulait l'aborder de front, était surtout Alger. Située, dit M. Foncin, à peu près à égale distance de la frontière marocaine et de la frontière tunisienne, au point où la chaîne côtière occidentale s'arrête et disparaît sous les flots, abritée au fond d'une large baie, adossée aux massifs pittoresques du Sahel qu'enveloppe l'admirable plaine de la Mitidja, Alger occupe le bord d'une sorte de delta fortement retranché par les chaînes Telliennes, mais auquel peuvent aboutir, par des issues naturelles, toutes les routes du pays ».

C'est donc par Alger que les Turcs s'étaient, au XVe siècle, répandus dans le pays : et cette ville fut le centre de rayonnement de leur conquête. Mais, incapables de résoudre par des moyens pacifiques tout problème de civilisation, les Turcs s'implantèrent et demeurèrent plus de trois siècles dans le pays sans dépouiller leur enveloppe barbare, sans chercher à tirer paisiblement du sol les richesses qu'il recélait, abandonnant l'agriculture aux soins des indigènes, se contentant de faire des principaux ports de la côte de formidables repaires de pirates, y entassant les équipages et les cargaisons de la chrétienté, faisant aussi impitoyablement la chasse aux esclaves qu'aux galions et aux caravelles. « C'était de la part des descendants de Baba-Aroudj et de Kheïr-Eddin un continuel défi à la civilisation et au droit des gens. »

Leur armée « l'Odjak » était une milice fanatique et sauvage, recrutée par les chefs conquérants au hasard de la mer, et qui tenait toute sa force aussi bien de la terreur qu'elle inspirait que de la pusillanime docilité des populations asservies. Pendant plus de trois siècles l'Odjak ne gouverna que pour exploiter atrocement.

A diverses reprises l'Europe avait bien essayé d'écraser les pirates barbaresques dans leurs repaires.

L'Espagne au temps de Charles-Quint, lord Exemouth au début du xixᵉ siècle, bombardaient Alger. Deux terribles leçons lui étaient aussi infligées par la France. En 1682, Duquesne incendiait la ville avec ses galiotes à bombe et vengeait le consul de France, le missionnaire Le Vacher et vingt-deux Européens, hachés par le boulet d'un canon à la gueule duquel les barbares les avaient attachés. En 1688, l'amiral d'Estrées châtiait une nouvelle insulte faite à notre drapeau en brûlant les neuf dixièmes de la place rebâtie et décimait si terriblement les janissaires de l'Odjak que ceux-ci avouaient « qu'un jour prochain les Français pourraient manger à Alger la soupe qu'ils auraient mise chauffer à Toulon ». Et cependant, une fois les escadres européennes au large, l'Odjak se remettait comme de plus belle à sa néfaste besogne.

C'est la France qui, peut-être grâce à l'énergie de ces

deux expéditions, réussit dès le XVIIe siècle à tirer le meilleur profit de l'admirable région côtière de l'Algérie. Dès
le XVIe siècle même des Marseillais avaient fondé au Bastion

RUE DE LA CASBAH, A ALGER

du Roi, à la Calle, puis à Collo des établissements qu'ils
relevèrent cinq fois; pendant la Révolution l'Algérie fut
notre principale pourvoyeuse de grains.

Le dey Hussein, qui régnait à Alger depuis 1818, avait, dès son avènement, repris avec la France les relations interrompues sous l'Empire. Mais son astuce, son caractère irascible et hautain les avaient rendues particulièrement difficiles. A diverses reprises il s'était heurté à la froide correction de notre consul, M. Deval, plus particulièrement à l'occasion du paiement d'achats de grains, faits au temps du Directoire, à deux juifs algériens Bakri et Busnah, dont il avait pris la créance à son compte : la France ne contestait pas la dette; elle discutait simplement la forme de son acquittement.

Le 27 avril 1827, une grande réception avait lieu au palais deylical, à l'occasion de la clôture du Rhamadan. Un grand nombre de représentants du corps diplomatique, de nombreux émirs, cheikhs et caïds, les officiers de la milice turque se pressaient dans la salle où Hussein jouait, avec une morgue dédaigneuse, au Commandeur des Croyants.

M. Deval est annoncé et entre avec son personnel et les agents commerciaux français. Il s'avance très correctement jusqu'à l'échafaudage de tapis sur lequel trône Hussein, et, au milieu du plus profond silence, prononce les premiers mots d'un compliment fort courtois. D'un ton sec Hussein lui coupe la parole, et lui reproche en termes violents la mauvaise foi de son gouvernement. M. Deval, qui s'était respectueusement incliné se redresse pâlissant; en mots très mesurés mais fermes, il relève l'inconvenance de l'accueil réservé au représentant d'une nation qui avait maintes fois prouvé qu'elle ne redoutait aucun genre d'explication avec aucun gouvernement. Hussein reste un moment sans rien dire sous le regard de M. Deval. Il voit dans cette attitude une insulte, saute bas de son divan, saisit des mains d'un de ses serviteurs un chasse-mouches en plumes d'autruche, en frappe au visage le consul de France, et donne l'ordre à ses gens de le chasser du palais. M. Deval ne bronche point sous l'outrage et fixant de nouveau le vieux Hussein: « Ce n'est pas à moi, dit-il, que s'adresse le soufflet de Votre Altesse, mais à mon pays qui saura le venger. » Et très digne, il sortit du palais. Le lendemain tous les papiers du consulat français étaient embarqués à bord d'un bateau marseillais et M. Deval rentrait en France.

Charles X et ses ministres ne surent tout d'abord à quel parti s'arrêter : tous étaient bien d'avis qu'une réparation s'imposait; mais la majorité du Conseil redoutait une action trop énergique. Quiconque à ce moment eût émis l'opinion que le coup d'éventail de Hussein allait être l'origine de la conquête d'un empire français en Afrique eût passé pour

UNE GALERIE DU PALAIS DU DEY

un illuminé. Le gouvernement de la Restauration ne se sentait aucune disposition, ni aucune ressource pour une entreprise de cette importance. Au lendemain même de la victoire d'Isly, tous les bons esprits de France ne croyaient-ils pas, comme Bugeaud, que « pareille conquête était une œuvre de géants et de siècles » ?

Et pourtant en moins de cinquante ans l'Algérie est devenue une terre française, et bien française.

On se contenta, après l'affaire Deval, d'envoyer une escadre en vue d'Alger; le commandant devait exiger du dey des excuses, même indirectes, et de la place une amende honorable sous forme d'un salut de cent coups de canons à l'adresse des couleurs françaises. Renversant les rôles, Hussein prétendit que c'était à lui qu'étaient dues les excuses. L'état de siège fut déclaré le 15 juin 1827. Pendant trois ans un blocus aussi inefficace que coûteux fut maintenu devant la rade. Puis les affaires intérieures détournèrent l'attention de l'Algérie. En 1830, on n'était guère plus avancé qu'en 1827. Il fallait pourtant en finir : l'amiral de la Bretonnière fut dépêché près de Hussein, porteur de conditions encore plus douces. « J'ai de la poudre et des canons, répondit insolemment le chef des brigands de l'Odjak. » Et pour en faire la preuve, il fit ouvrir sur la *Provence*, que commandait M. de la Bretonnière, le feu de toutes les batteries de la rade.

Ce nouvel attentat produisit en France une impression considérable : le pays sentit renaître en lui sa vieille fierté belliqueuse, étincelle qui dormait mal éteinte sous les ruines de l'Empire; l'opinion publique emporta la décision de la cour encore hésitante. Une expédition fut décidée; les préparatifs en furent poussés activement; l'amiral Duperré accepta le commandement de la flotte; M. de Bourmont, ministre de la guerre, se mit à la tête des troupes.

L'Angleterre, naturellement, protesta contre une détermination qui répondait au sentiment de tous les bons Français. Les représentations de son ambassadeur ne furent même pas prises en considération.

Le 25 mai 1830, une splendide escadre sortait de Toulon : elle comptait 12 vaisseaux de ligne, 23 frégates, environ 250 bâtiments affrétés pour le transport des troupes et 200 chalands destinés à leur débarquement. Cette flotte portait 37.000 hommes : la cavalerie était peu nombreuse; en revanche de sérieux effectifs d'artillerie et du génie. Après un gros temps qui oblige l'amiral Duperré à relâcher quelques jours à Palmas, la flotte va mouiller dans la baie de Sidi-Ferruch. Cette manœuvre déconcerte les Turcs, habitués à voir l'ennemi attaquer la place de front. Massés à l'embouchure de l'Harrach, ils n'ont point le temps de s'opposer au débarquement de nos troupes.

Bourmont de son côté ne se trouvait guère moins embarrassé que l'ennemi : il s'attendait à voir la côte défendue par « des hordes nombreuses de cavalerie irrégulière couvrant leur front par des milliers de chameaux. » L'inaction des Turcs lui conseilla une regrettable méfiance. Au lieu de brusquer l'attaque — qui eût fait tomber sans coup férir Alger entre nos mains, — il laisse le temps à l'armée d'Hussein de se concentrer en avant de la ville. Le 19, au petit matin, nos lignes sont attaquées furieusement par la cavalerie arabe. Les deux ailes de l'armée française, mal liées au centre, sont un instant gravement menacées. Les Arabes parviennent jusqu'aux retranchements rapidement élevés par nos troupes ; un grand nombre même les franchissent, enlevant par-dessus les gabions leurs légers petits chevaux. Mais notre infanterie s'est rapidement formée en carrés ; son feu bien nourri décime l'ennemi qui prend la fuite dans le plus grand désordre. A midi, les troupes du dey se débandaient et se jetaient confusément dans Alger, répandant une effroyable panique dans la ville. « Les gens, raconte un médecin allemand prisonnier de Hussein, couraient par les rues comme des fous ; quelques-uns demandaient où étaient les infidèles et croyaient que les Français allaient égorger tous les musulmans. »

Bourmont commit une nouvelle faute en arrêtant sur le plateau de Staouéli ses troupes qui auraient pu pénétrer dans la ville avec les Turcs. Il se condamna ainsi à tout préparer pour un siège en règle. « Enfin le 4 juillet, à quatre heures du matin, la tranchée fut ouverte contre le fort l'Empereur ; les batteries françaises subitement démasquées l'écrasèrent de leurs feux. La garnison se défendit avec la plus grande vigueur ; mais la lutte des deux artilleries était par trop inégale : au bout de quelques heures les Turcs avaient leurs embrasures démolies, leurs pièces démontées, leurs canonniers hors de combat ; des fuyards s'échappaient vers la Casba, et déjà l'ordre était donné de battre en brèche, quand une formidable explosion se fit entendre : le Khaznadji avait fait mettre le feu aux poudres ; il espérait ensevelir un partie de l'armée

française sous les décombres de la citadelle; quelques
hommes seulement furent atteints. Aussitôt les ruines sont
occupées; l'artillerie s'y installe et se prépare à foudroyer
la Casba. Le fort de l'Empereur une fois pris, Alger ne pouvait plus tenir. Hussein pourtant ne voulait pas encore
céder. Mais la population, affolée de peur, ne voulait plus
qu'on parlât de résistance; un arabe alla proposer au général de lui apporter la tête du dey comme gage de récon-
ciliation. Hussein l'apprit, et cette fois jugea qu'il était
temps de négocier; il offrit de fournir toutes les satisfac-
tions refusées depuis 1827 et de payer les frais de la
guerre. Bourmont déclina ses propositions et exigea la
remise immédiate de la ville avec ses forts. Le lendemain,
le dey capitulait.

Bourmont traita généreusement son courageux adver-
saire : il lui laissait sa liberté et tous ses biens personnels;
une garde devait assurer la sécurité de sa personne. Les
Algériens conservaient leur religion, leurs biens mobiliers;
la parole d'honneur du général français garantissait le
respect de leurs femmes. Mais la Casba et tous les forts
furent remis au vainqueur avec les armes et les munitions.

Cette victoire produisit en France deux effets opposés.
D'une part tous les cœurs tressaillirent de joie en voyant
le succès revenir, après une longue éclipse, du côté de nos
drapeaux. Mais d'autre part, l'embarras du gouvernement
fut extrême. Charles X et ses ministres ne savaient que
faire de cette conquête qui leur tombait sur les bras; ils
semblent même n'avoir jamais songé à ce qu'il advien-
drait d'Alger au lendemain de sa chute. Rendre la ville
aux Barbaresques était impossible; autant aurait valu ne
pas s'en emparer. Mais pour la conserver en toute sécurité, il fallait en dégager les alentours des partis arabes
qui, revenus de leur première surprise, se préparaient à
la guerre sainte. La Révolution de Juillet tira Charles X
d'embarras en lui enlevant sa couronne.

Le gouvernement de Juillet résolut de se maintenir en
Algérie.

La première période de l'occupation qui s'étend de 1830

à 1834 donna lieu à une série de tiraillements : cinq chefs militaires s'usèrent en quatre ans, faute de plans concertés avec le gouvernement. Toutefois Oran et Bône furent occupées; Médéa et Blida furent enlevées; mais cette dernière place seule pût être conservée. Voirol eut les plus grandes peines à réparer les effets de l'inutile cruauté de Savary, duc de Rovigo; il recruta des alliés parmi les

ABD-EL-KADER

Kabyles, qui formèrent, avec des étrangers et des vaincus des barricades de Juillet, le premier corps de zouaves.

Mais c'est au milieu de ces massifs de l'Atlas, où jadis les Romains avaient eu à combattre Jugurtha, qu'allait se dresser notre plus redoutable ennemi, Abd-el-Kader.

Dans la province d'Oran, où régnait une complète anarchie, aux environs de Mascara, vivait un vieux marabout retors et éloquent du nom de Maheddin. Voulant confé-

dérer au profit de sa famille les belliqueuses tribus des
Hachem, des Gharaba, des Beni-Amer, il répandit le bruit
que différentes prophéties avaient depuis longtemps annoncé que de son sang naîtrait un sultan des fidèles. Venue
l'heure d'agir, il présenta dans la plaine d'Eghris son fils
Abd-el-Kader comme l'homme désigné par les dieux.

« Le fils de Maheddin, dit M. Wahl, n'était pas un ambitieux vulgaire; son éducation avait été soignée; il avait vu
l'Egypte et l'Orient, mais ses connaissances et ses idées ne
dépassaient pas les frontières de l'islamisme. Dans la
zaouïa paternelle il avait appris le Coran, étudié à fond
la jurisprudence musulmane ; son esprit s'était aiguisé aux
subtilités de la casuistique. Nul mieux que lui ne citait à
propos les textes sacrés, en les interprétant toujours à son
avantage; il savait aussi traduire à sa façon le texte d'un
traité. De taille moyenne et bien prise, pâle, les traits fins,
l'œil ardent, il avait toute la dignité élégante d'un aris-
tocrate arabe avec la mine austère d'un saint. Mais il y
avait dans ce croyant un politique et un ambitieux. Il ne
se servit si bien des passions religieuses que parce qu'il
les ressentait. En général, les Français, après l'avoir estimé
trop peu, l'ont ensuite élevé trop haut. On eut tort de le
dédaigner comme un simple barbare; mais on se trom-
pait également quand on lui prêtait les idées d'un homme
d'Etat européen. Malgré toute son intelligence, il ne sut
pas comprendre les supériorités de la civilisation ; il se
renferma dans ce mépris haineux et invincible que presque tous ceux de sa religion éprouvent pour ce qui n'est
pas musulman. Il n'avait pas dans le caractère la sauva-
gerie bestiale de tant d'autre chefs de révolte; mais le sang
ne lui faisait pas peur, pourvu qu'il ne fut pas inutile. Sa
franchise et sa perfidie, sa clémence et sa cruauté, tout était
calculé; tout lui semblait justifié par la sainteté du but. »

L'imprévoyance des généraux qui commandaient à Oran
servit trop bien la fortune d'Abd-el-Kader. Desmichels
alla même jusqu'à traiter avec lui et le reconnut impli-
citement comme émir. Le général Trézel se montra plus
énergique et le somma de se déclarer nettement vassal ou

ennemi de la France. L'émir répondit à cette invite en as-
saillant une colonne française dans les gorges de la Macta
et en lui tuant 500 hommes.

C'est alors que Clauzel, nommé pour la seconde fois
gouverneur, arrive en Algérie, accompagné du jeune duc
d'Orléans. Il tire vengeance de l'échec de la Macta en s'em-
parant de Mascara qui est incendié. Mais il doit l'abandonner quelques jours après. En même temps la garnison
de Tlemcen se trouve bientôt sérieusement menacée; une
colonne envoyée pour la dégager est immobilisée à son
tour à l'embouchure de la Tafna; l'envoi d'une nouvelle armée de secours s'impose : Bugeaud qui venait de prendre
pied sur la terre d'Afrique en a le commandement. Par une
marche dont l'habileté est demeurée fameuse, Bugeaud
échappe à la surveillance d'Abd-el-Kader, puis l'attire sur
le plateau qui domine la Tafna. Quand l'émir flaire le piège,
il est trop tard pour qu'il puisse en sortir. La cavalerie française soutenue par l'infanterie et les goums indigènes se rue
dans un irrésistible élan sur les cavaliers arabes; ceux-ci
sabrés et poussés vers le rebord du plateau sont culbutés
dans les ravins de l'Isser. Cette journée coûta 16.000 hommes à Abd-el-Kader.

Cependant de graves circonstances empêchèrent de poursuivre à fond ce succès. Le traité de la Tafna, signé le
30 mai 1837, le réduisit même à néant. La France ne se
réservait que quelques villes : Alger et sa banlieue du Sahel
avec la Mitidja, Oran, Arzeu, Mostaganem et Mazagran;
elle laissait les provinces d'Oran et de Titteri sous l'autorité de l'émir, qui nous reconnaissait une vague suzeraineté sur le reste du pays.

Mais il fallait bien nous contenter de ces minces avantages, pour porter tous nos efforts vers l'Est, vers Constantine, où il s'agissait d'étouffer au plus tôt un redoutable
mouvement des Arabes de l'Est.

Cette expédition de Constantine fut malheureusement
trop légèrement préparée. 8.000 hommes, mal pourvus de
vêtements, de vivres et de munitions, furent rassemblés

à Bône; quatorze pièces de petit calibre constituaient toute
l'artillerie. L'armée, commandée par Clauzel, partit au moment où commençaient les pluies torrentielles d'automne.
Arrivée devant Constantine, elle était réduite par les ma-
ladies à 6.000 hommes. Les souffrances des soldats
avaient été telles que plusieurs, fous de désespoir, s'étaient
percés de leurs baïonnettes.

Le découragement faillit s'emparer des troupes quand
elles reconnurent les abords de la formidable citadelle
qu'elles avaient mission de réduire : Constantine, en effet,
est bâtie sur une sorte d'aire, au sommet d'une montagne
dont les rebords sont taillés à pic et dont la base plonge
dans les eaux tumultueuses du Rhummel. Un pont d'une
rare hardiesse a été jeté sur le gouffre et aboutit à la porte
d'El-Kantara. La ville ne communique de plain-pied avec
la campagne environnante que par un isthme étroit qui
la relie au plateau de Koudiat-Ali. Le bey Ahmed
était sorti de Constantine pour battre les environs
et recruter des fidèles; mais il y avait laissé son khalifa
Ben-Aïssa dont la bravoure et le fanatisme garantissaient
l'énergique résistance.

Faire la brèche, lancer une colonne d'assaut, emporter
du premier coup la citadelle d'Ahmed, tel était le seul plan
à tenter en raison de l'état de dénûment des troupes et en
l'absence de toute artillerie de siège. Dans la nuit du 22,
la porte d'El-Kantara est jetée bas par nos canons ; des
artificiers franchissent hardiment le pont pour élargir la
brèche, mais reconnaissent que derrière la porte abattue
s'en dresse une seconde. L'assaut est remis au lendemain.
« Dès l'aube le colonel du génie Lemercier conduit ses soldats chargés de sacs à poudre et d'échelles; une vive fusillade les accueille; par un ordre mal compris les troupes
de soutien sont lancées trop tôt; une horrible confusion
se produit; les sacs à poudre s'égarent; les hommes qui
portent les échelles sont tués. Le général Trézel accourt;
il reçoit une balle dans le cou. Ni l'escalade, ni la mine
ne peuvent plus être essayées; le colonel Lemercier voyant
presque tout son monde hors de combat remonte triste-

CONSTANTINE (Le ravin du Rhummel.)

ment du ravin. » Une diversion tentée du côté de Koudiat-Ali échoue également et nous coûte bon nombre de
soldats et d'officiers; il faut se retirer.

Sans l'énergie de Clauzel, présent partout, la retraite
eût été un désastre. Le bey Ahmed, qui n'avait cessé de
surveiller la colonne, se jette sur les convois et les am-
bulances, massacrant tout. Heureusement l'arrière-garde
est commandée par un des futurs héros d'Algérie, par
Changarnier; ses feux de salve et enfin une terrible charge
à la baïonnette ont raison des contingents d'Ahmed. Quand
l'expédition rentra enfin à Bône, elle ramenait 300 blessés;
450 hommes étaient restés dans le Rhummel ou sur la route.

On ne pouvait rester sur l'échec de Constantine; de plus
les intrigues d'Abd-el-Kader dans l'Ouest faisaient au
nouveau gouverneur, Damrémont, un devoir de régler
victorieusement et dans le plus bref délai les destinées
d'Ahmed.

Cette fois l'expédition fut sérieusement préparée. Damrémont commandait en personne avec Perrégaux, Valée,
et Fleury comme seconds. L'automne fut sec et permit à
l'armée de faire en six jours le trajet de Medjez-Amar au
plateau de Mansourah. « Quand les Français parurent,
des drapeaux s'élevèrent au-dessus des portes; les muez-
zin, debout dans les minarets, lançaient leur appel; les
femmes entassées sur les terrasses poussaient des clameurs stridentes. Au loin, les villages incendiés par leurs
habitants mettaient des reflets rouges sur le ciel nuageux.
— « C'est la résidence du diable! » s'écria un officier. »

Pour éviter les sacrifices cruels qu'allait demander l'assaut, Damrémont envoie un parlementaire à Ben-Aïssa
pour lui offrir une capitulation honorable. — « J'ai, répondit le Khalifa de la poudre et des vivres de quoi vous
en prêter si vous venez à en manquer. » Damrémont avant
de lancer ses colonnes, veut se porter sur le front des travaux en compagnie de Perrégaux. Les Arabes aperçoi-
vent la petite troupe d'officiers et lui envoient une volée
de plusieurs batteries : un boulet frappe Damrémont en
pleine poitrine et renverse Perrégaux mortellement blessé

sur le corps de son général. Valée prend le commandement et fait ouvrir un feu d'enfer contre la ville. Le lendemain matin les sonneries de la légion étrangère donnent le signal de l'assaut. Trois colonnes s'élancent commandées par Lamoricière, Combe et Corbin, sous les yeux

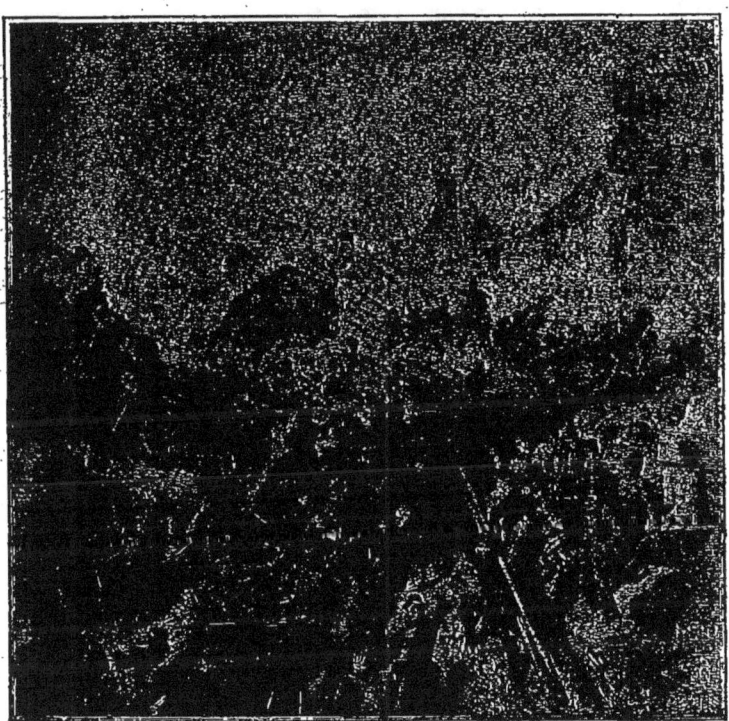

PRISE DE CONSTANTINE

du duc de Nemours. Lamoricière avec ses zouaves escalade le premier la brèche et se précipite dans la ville. « Des rues barricadées, des fenêtres étroites, des maisons crénelées s'échappe une fusillade terrible; un mur s'écroule, écrasant dans sa chute tout un peloton du 2e léger. Cependant on continue d'avancer; tout à coup une violente détonation éclate, un magasin à poudre vient de sauter; les cartouchières des soldats prennent feu; la mort jaillit de tous côtés. Lamoricière brûlé, est conduit à l'ambu-

lance. Combe prend sa place. Blessé mortellement en deux
endroits, il a la force de redescendre la brèche et d'aller
rendre compte au duc de Nemours du succès déjà certain.
A l'intérieur le combat se poursuit de ruelle en ruelle,
de maison en maison; on enfonce les portes à coups de
hache ; enfin la caserne des janissaires, principal centre
de la résistance, est emportée. Alors un homme se présente, agitant une lettre. C'étaient les notables qui faisaient
leur soumission; plusieurs chefs étaient tués, les deux ca-
dis étaient blessés, Ben-Aïssa avait pris la fuite. Ahmed,
qui suivait du haut d'une colline les phases diverses de la
bataille, s'était enfui au galop dans la direction du sud. Il
ne devait plus dès lors être qu'un simple chef de partisans.

En récompense de sa victoire, Valée est nommé maréchal et gouverneur de l'Algérie : il donne une impulsion
nouvelle à la colonisation, embellit Alger, assure la sécurité dans les environs. Pour dégager la route de Constantine à Alger par Sétif, il prend l'initiative d'une expédition qui, grâce à l'audacieuse habileté de son chef, n'est
qu'une glorieuse marche militaire. Accompagné du duc
d'Orléans, il pénètre au cœur du pays et franchit avec
toutes ses troupes les Portes de Fer, « sinistre défilé, large
tout au plus de deux mètres en certains endroits, gorge profondément encaissée entre deux murailles de calcaire,
tombeau ouvert à une armée surprise et que, depuis les
Romains, pas une armée n'avait osé affronter ». Pour con-
sacrer cet événement, le duc d'Orléans fit tailler dans le
vif de la falaise cette inscription : *Armée française*, 1839.

L'Est était à peine pacifié que l'Ouest se soulevait à
l'appel d'Abd-el-Kader. L'émir n'avait point manqué d'exploiter toute la liberté que lui laissait la convention de la
Tafna, établissant par les armes ou la persuasion son
autorité sur les tribus de l'Ouest, organisant administra-
tivement et militairement tous les territoires de l'Oranais,
levant l'impôt, recrutant des troupes, installant des fabri-
ques de poudre, des fonderies de canons, des manufac-

tures d'armes. Il put ainsi organiser une armée comptant 10.000 réguliers, 8.000 fantassins, 2.000 cavaliers et 250 artilleurs servant une vingtaine de pièces. Un contingent irrégulier pouvait encore la renforcer d'une quinzaine de mille hommes. Puis, ses préparatifs terminés, il adresse au maréchal une ironique protestation, déclarant le traité de la Tafna disqualifié par la prise de Constantine et l'expédition des Portes de fer.

Le 20 novembre, 3.000 cavaliers se ruent sur la Mitidja : les fermes européennes sont incendiées, les colons massacrés. La horde pique droit sur Alger et arrive devant Bouffarik; la vaillante résistance de la petite garnison donne à Valée le temps de concentrer ses forces et de prendre l'offensive; l'armée de l'émir essuie échecs sur échecs; Changarnier et Lamoricière délogent à la baïonnette ses réguliers de leurs formidables positions du col de Mouzaïa; Cherchell, Médéa, Miliana sont enlevées.

Cette longue et glorieuse campagne de 1840 est illustrée par un mémorable fait d'armes. Dès le début des hostilités, la 16ᵉ compagnie du bataillon d'Afrique, 123 hommes commandés par le capitaine Lelièvre, ont été bloqués par 5.000 Arabes dans la petite ville de Mazagran. Quatre jours durant, ces braves tiennent tête aux assauts furieux d'une multitude hurlante. « On s'est battu pendant quatre jours et quatre nuits, écrit un Arabe : c'étaient quatre grands jours, car ils ne commençaient pas et ne finissaient pas au son du tambour; c'étaient des jours noirs, car la fumée de la poudre obscurcissait les rayons du soleil, et les nuits étaient des nuits de feu, embrasées par les flammes des bivouacs et les éclairs des coups de fusils. » Quand la cohue prit la fuite à l'arrivée des secours, elle laissait 800 cadavres sous les murs de Mazagran dont il ne restait pas 10 défenseurs sans blessure.

Mais Abd-el-Kader, battu partout, reparaissait partout, immobilisant nos garnisons de l'Ouest dès que les colonnes mobiles s'éloignaient.

En février 1841, Bugeaud succède à Valée. Son élévation au titre de gouverneur inaugure une nouvelle période dans

l'histoire des guerres d'Afrique. Brave et réfléchi, doué
d'une remarquable aptitude aux choses de la guerre, plein
de confiance en lui-même, il n'était pas de ceux auxquels
en impose l'autorité de la routine; son bon sens, aidé de
son expérience personnelle, lui paraissait supérieur à toutes
les traditions. « Il fit à son usage une tactique et une
stratégie nouvelles. Vigilant et actif, il s'occupait des moin-
dres détails, parce qu'il savait qu'à la guerre il n'en est

MARÉCHAL BUGEAUD

point d'insignifiants. Bien qu'il fût de nature peu tendre,
il veillait avec le plus grand soin au bien-être du soldat;
il y voyait avec raison l'élément essentiel du succès. Le
« Père Bugeaud » fut pour l'armée d'Afrique ce qu'avait
été pour la grande armée le « Petit Caporal ».

Bugeaud porte à 100.000 hommes le corps d'occupation
et jette à la poursuite d'Abd-el-Kader des colonnes légères, admirablement pourvues et savamment reliées entre
elles. En 1841, l'expansion française déborde du Tell, de
l'Aurès et de la petite Kabylie jusqu'aux confins du désert.

On atteint Boghar; Mascara, la capitale de l'émir tombe en notre pouvoir.

Mais, admirable d'obstination et de souplesse, l'émir se glisse l'année suivante à travers les massifs de l'Ouarsenis et rallume plusieurs foyers de révolte dans la Mitidja même.

C'est à ce moment que se place l'épisode qui a immortalisé le sergent Blandan. Le courrier de Médéa à Alger était heureusement sorti des défilés de la Chiffa, il avait même dépassé Blida et galopait vers Bouffarik, accompagné de 22 hommes sous les ordres de Blandan, quand du ravin de Beni-Mered surgit une nuée d'Arabes, qui s'élancent à la tête des chevaux. Blandan et ses compagnons s'empressent d'abord de dégager le courrier; puis ils battent en retraite pas à pas jusqu'à une masure dans laquelle ils se barricadent. Pendant deux jours ils repoussent héroïquement tous les assauts; enfin la poudre leur fait défaut; sans se décourager pour si peu, ils jouent de la baïonnette, et assomment à coups de crosse ceux de leurs ennemis qui escaladent le mur de la bicoque. Ceux qui ne sont que grièvement blessés se traînent jusqu'à la porte qu'ébranlent les pierres lancées par les Arabes pour recevoir sur la pointe de leurs baïonnettes les premiers qui la franchiront. Enfin le matin du troisième jour une sonnerie de chasseurs retentit au loin, et un escadron tombe bride abattue sur les Arabes qui prennent la fuite sans avoir pu réduire la résistance de nos 24 héros. Blandan, mortellement atteint, succombait le soir de la délivrance.

Un coup terrible vient, en 1843, abattre le prestige d'Abd-el-Kader. Traqué de tous côtés, il avait, pour tenir plus librement la campagne avec une poignée de fidèles, caché sa smala dans les profondeurs du Sud. Cette sorte de cité nomade abritait sous ses tentes les femmes, les parents, les serviteurs, la clientèle des derniers partisans; de grands troupeaux de bœufs, de moutons et de chameaux se déplaçaient avec elle à travers les solitudes de la plaine immense. Parti au mois de mai avec le jeune duc d'Aumale, qui commandait une division de cavalerie légère, Bugeaud trouve bientôt la piste de l'errante capitale de l'émir. Le duc d'Aumale lancé en avant apprend, le 16, que, loin de soupçonner notre approche, les Arabes ont tranquillement dressé les tentes de la smala dans un pli de terrain aux sources du Tamgui, à un quart de lieue de nos troupes. Le prince comprend que l'occasion si souvent recherchée se présente et qu'il en faut profiter au plus vite. Il n'avait que 500 hommes avec lui. « Monseigneur, dit au prince le général Yusuf, que faut-il faire? — Entrer là dedans ! — Nous sommes tous perdus! » se dit Yusuf; et tous s'élancent. « Pour entrer là-dedans, comme l'a fait le duc d'Aumale avec 500 hommes, au milieu d'une pareille population, il fallait avoir 22 ans, et le diable dans le ventre. »

Mais le désordre que cette attaque subite jette dans la smala est inexprimable. Les Arabes s'efforcent en vain de replier leurs tentes; leur cavalerie lutte avec une admirable énergie; tous ses efforts se brisent contre l'intrépidité de nos chasseurs et de nos spahis; la smala tombe en notre pouvoir. Le butin fut immense. Cet acte hardi produisit sur les Algériens une vive impression et amena la soumission de nombreuses tribus. Abd-el-Kader, ne se sentant plus suffisamment protégé par le désert, se retira dans le Maroc.

Là, avec une indomptable ténacité, il se remet à prêcher la guerre sainte contre les infidèles. L'empereur Abd-el-Rahman est gagné à la cause de l'émir et le prend sous sa protection. De tous côtés les partis marocains débordent en territoire français.

Bugeaud manœuvre de façon à briser d'un seul coup la puissance marocaine : il masse une forte armée et la lance en colonne compacte sur le pays ennemi, tandis que la flotte du prince de Joinville va mouiller devant Tanger. Tous les contingents arabes se rassemblent pour barrer la route au maréchal, en arrière de la rivière d'Isly. Pour débusquer l'armée marocaine de cette formidable position, l'armée française devait franchir un gué sous le feu des réguliers bien à l'abri derrière de gros rochers. Notre artillerie concentre l'effort de ses batteries sur le

débouché de ce gué, et notre infanterie, sous la protection d'un feu d'enfer, parvient à passer l'eau, traînant avec
elle quelques pièces de campagne. Cette première opération est à peine terminée que la cavalerie arabe dévale du
haut du plateau en une charge fantastique. Nos régiments
forment le carré aussi méthodiquement que sur un champ
de manœuvre; les escadrons marocains, que commande le
fils même de l'Empereur, viennent s'écraser sur une haie

ENVIRONS DE TLEMCEN

de baïonnettes; ils tourbillonnent sur eux-mêmes et se retirent pour se reformer plus loin. Ils se précipitent à nouveau sur nos carrés; ceux-ci démasquent les canons chargés à mitraille; chevaux et cavaliers sont fauchés. Ceux
qui tiennent encore debout, poussés par un irrésistible
élan, sont reçus à trente pas par une salve foudroyante;
une trentaine de cavaliers bondissent cependant par-dessus le mur de fer et de feu et vont s'abîmer à l'intérieur
des carrés. Sans laisser aux Marocains le temps de se
ressaisir, Bugeaud fait sonner la charge : l'infanterie se
développe et se porte en avant au pas gymnastique; les
escadrons de chasseurs et de spahis passent sur le ventre
des tirailleurs arabes, sabrant tout sur leur passage. A

midi les débris de l'armée d'Abd-el-Rahman fuyaient en tous sens, tandis que les soldats français et les goums, razziaient le camp ennemi. Bugeaud garda sous son bras, pendant plusieurs heures, le parasol du fils de l'Empereur qu'un caporal lui avait apporté : ce trophée figure aujourd'hui aux Invalides à côté des drapeaux pris sur l'ennemi.

Pendant que l'armée marocaine fuyait à Isly, Tanger et Mogador flambaient sous les bombes de la flotte du prince de Joinville. Moins d'un mois après l'Empereur signait la paix et mettait Abd-el-Kader hors la loi dans toute l'étendue de son territoire.

Le prophète trouva cependant un appui sérieux dans la diversion que tenta, au milieu des montagnes du Dahra qui bordent le nord du Chéliff, un certain Bou-Maza, mendiant dévot, sans naissance, sans grandes vues, que son ardeur sauvage et ses pratiques bizarres avaient imposé à ses coreligionnaires. Une insurrection générale éclate. Le colonel Pélissier taille en pièces ces pillards et les oblige à se réfugier dans des grottes. Sommés de se rendre, ils répondent par des coups de fusils à l'envoi des parlementaires. Pélissier, pour épargner la vie de ses hommes, dut enfumer ces énergumènes dans leurs cavernes.

Mais Bou-Maza avait réussi à s'échapper et à rejoindre Abd-el-Kader qui franchit la Tafna avec une armée de 6.000 tentes : toute la région de Tlemcen est en feu. Montaignac est battu à Djema-Gazhouat ; le capitaine Géreaux, surpris avec sa compagnie, se retranche dans le marabout de Sidi-Brahim et renouvelle pendant quatre jours les exploits du capitaine Lelièvre et du sergent Blandan ; dans une héroïque sortie il tombe avec presque tous ses hommes ; douze seulement réussissent à se faire jour à travers les masses arabes. Puis, quelques jours après, un détachement de 200 hommes remettait ses armes à un lieutenant de l'émir. Ce furent les derniers succès d'Abd-el-Kader.

Bugeaud met d'un seul coup 15 colonnes sur pied : et

alors commence une chasse fantastique. Tandis que le maréchal se charge de tenir en respect la Kabylie, Bedeau, Lamoricière, Renault, etc., se lancent à travers monts, plaines et déserts et acculent Abd-el-Kader à la frontière marocaine. Bou-Maza se rend; Lamoricière coupe au prophète toute retraite vers le désert et le suit pas à pas.

C'est à ce moment que Bugeaud, après avoir parcouru la Kabylie, rentre en France et que le titre de gouverneur général est remis au duc d'Aumale. Le prince eut pour tâche de recueillir les fruits de la glorieuse initiative de son prédécesseur. En décembre 1847, Lamoricière a réussi à jeter Abd-el-Kader au milieu des colonnes françaises, vaste filet qui se resserre rapidement tout autour de lui. Reconnaissant que son rôle est fini, l'émir, accompagné de ses derniers fidèles, se rend au poste de Sidi-Brahim où le colonel de Montauban le reçoit avec tous les honneurs dus à son héroïque résistance. Il lui promet l'aman (le pardon) au nom de Lamoricière. Le 24 décembre, l'émir est présenté au jeune duc d'Aumale : « J'aurais voulu, dit-il, accomplir plus tôt ce que je fais aujourd'hui; mais j'ai dû attendre l'heure marquée par Allah. » Le gouverneur ratifia la promesse faite par Lamoricière de laisser Abd-el-Kader se retirer librement en Turquie. Mais le gouvernement de Louis-Philippe ne crut pas devoir contresigner cet engagement : Abd-el-Kader fut conduit en France ; une courtoise captivité lui fut offerte à Pau, puis à Amboise. Ce n'est qu'en 1852 qu'il put quitter la France, donnant sa parole de ne plus rien entreprendre contre elle. Le vaincu donna au vainqueur une grande leçon de fidélité à la parole donnée. Non seulement il ne souleva aucune difficulté à la France, mais en 1860 il prouva la générosité de son caractère en protégeant, à Damas, les chrétiens menacés de mort par les Turcs fanatiques.

La soumission d'Abd-el-Kader permit dès lors à l'influence française de rayonner plus librement à travers l'Algérie : nos colonnes poussent jusqu'aux environs de Laghouat, jusqu'aux Zibans, jusqu'à Biskra; la sécurité

renaît dans les campagnes vers lesquelles commence à se
porter l'émigration agricole; les villes se développent et
se peuplent de petits commerçants français. Les Arabes
de la classe inférieure et de la classe moyenne viennent
franchement à nous; mais il ne pouvait en être de même
de tous les grands chefs : si quelques-uns recherchent
l'honneur de nous servir, d'autres gardent la rancune de
la défaite et n'attendent qu'une occasion favorable pour
reprendre les armes.

Dans le Nord-Ouest de Biskra était établie la puissante
tribu de la Zaatcha. Un ancien lieutenant de l'émir, le
cheik Bou-Zian, prêche la guerre sainte dans le Sud-Ouest
et commence par infliger un sérieux échec au colonel
Carbuccia. Le général Herbillon est dépêché, au commen-
cement de l'automne 1849, pour circonscrire le soulèvement. « Comme toutes les oasis, Zaatcha formait un en-
chevêtrement de jardins, de clôtures, de fossés d'irriga-
tions, obstacles naturels faciles à défendre; la ville (le *Ksar*),
même était entourée d'une enceinte. Il fallut un siège en
règle. Enfin le 28 novembre, les brèches étant reconnues
praticables, trois colonnes d'assaut sont lancées; le colonel
Canrobert, avec 4 officiers et 16 hommes d'élite, enlève
la première enceinte, mais reste seul debout sur la brèche.
Une fois dans la ville, on se bat avec rage. Bou-Zian s'était
réfugié dans une mosquée avec 150 personnes; la mine
fait sauter un mur, tout est massacré. Aucun habitant de
Zaatcha ne fut épargné; la ville et l'oasis furent entièrement détruites. Ce Saragosse saharien nous avait mis
1.500 hommes hors de combat.

Le foyer de propagande anti-française était situé dans
les oasis, citadelles de verdure qui parsèment le désert
algérien. Le maréchal Randon, ministre de la guerre en
1851, avait chargé le général Yusuf de balayer la région
voisine des Oulad-Naïl et des Larba. En décembre Yusuf
arrivait devant Laghouat. « Mais quand le général s'ap-
procha de la ville, dit le maréchal Randon dans ses Mé-
moires, il se trouva face à face avec les Laghouati qui
s'étaient portés en grand nombre en dehors de l'oasis pour

détruire les puits. La fusillade commença avec vivacité : les Arabes disputaient le terrain pied à pied. Une charge audacieusement exécutée par notre cavalerie repoussa l'ennemi jusque dans l'oasis et mit fin à cette lutte. »

Malgré le succès obtenu, le général Yusuf ne crut pas devoir essayer de pénétrer dans la ville. Trop faible pour entreprendre le siège d'une place entourée de murailles, il appela à son aide le général Pélissier.

Celui-ci arriva en sept jours au camp du général Yusuf. Le 3 décembre, il fit la reconnaissance de la place pour déterminer le point d'attaque. Pendant la nuit, la batterie de brèche fut établie à demi-portée de l'enceinte de la ville; au point du jour, le feu fut ouvert et dirigé contre une tour qui dominait la défense de ce côté, et à dix heures, l'ordre de l'assaut fut donné. Au moment où les troupes s'ébranlaient, le général Bouscarin, qui les commandait, était mortellement blessé. La brèche fut bientôt franchie et les zouaves pénétrèrent dans la ville.

Pendant que cette vigoureuse attaque appelait vers l'ouest l'attention des Laghouati, le général Yusuf franchissait les murailles de l'est à l'aide d'échelles et se joignait bientôt au général Pélissier. On se battit encore quelque temps dans les rues et les maisons; beaucoup d'habitants et des gens du chérif furent tués ou pris. Au milieu du jour, enfin, le feu cessa. La ville entière était en notre pouvoir.

Nous devions, jusqu'à pacification complète, avoir d'ailleurs à sévir plus d'une fois encore dans le Sud-Algérien.

Parmi les soulèvements dont la répression nous causa le plus de difficultés, fut celui des Ouled-Sidi-Cheikh, qui éclata en 1865, et qui ne fut complètement étouffé par le général Wimpfen que peu de temps avant la guerre de 1870. C'est de la tribu des Flittas que partit le signal de la révolte. Le général Wimpfen réussit à atteindre, le 13 mars 1870, près de l'Oued-Guir, l'armée arabe qui s'élevait à 8.000 hommes. Les zouaves commandés par Chanzy attaquent de flanc la position ennemie après avoir franchi le gué de l'Oued sous un feu terrible. La bataille dura tout le jour; vers le soir seulement l'armée Arabe fuyait en pleine déroute. Bon nombre des rebelles demandèrent l'aman, promettant de vivre en paix avec nos amis du Sahara. Cet engagement a été dès lors scrupuleusement respecté.

Si, dès 1857, l'Algérie nous appartenait sans conteste de la frontière du Maroc à celle de la Tunisie, il était cependant, au cœur même de notre conquête, une vaste région montagneuse peuplée de tribus fières et industrieuses, aussi rebelles à notre domination qu'elles l'avaient été à celle des Turcs; c'était la grande Kabylie qui commandait la route d'Alger à Constantine. A aucun prix nous ne pouvions laisser cette menace suspendue sur la paix algérienne. A la veille de quitter la colonie, Bugeaud avait bien promené le drapeau français à travers les populeux villages accrochés aux pitons de la chaîne Kabyle; mais aucun d'eux n'avait bougé, de peur de lier partie avec Abd-el-Kader dont l'envahissante autorité cadrait mal avec les aspirations d'indépendance des Kabyles. Cependant le jour où nous voulûmes lui passer des entraves pour nous assurer son obéissance, le lion Kabyle se prit à rugir et la lutte commença. Pendant neuf ans, de 1848 à 1857, il fallut à chaque printemps lancer nos colonnes à travers les cols et par-dessus les crêtes du Djurjura à la poursuite des partisans de la confédération de la Zoua-Oua. En 1851, un certain Bou-Baghla, déclara la guerre sainte, et pendant quatre ans tint nos troupes en échec. Le massacre de la colonne du lieutenant-colonel Beauprêtre dans le Djebel-Amour décida en 1857 le général Randon à en finir avec la Kabylie.

Une de ses plus puissantes tribus, celle des Beni-Iraten, était l'âme du mouvement. Une armée de 35.000 hommes cerne le Djurjura, et, tandis que le gouverneur en personne surveille la lisière du massif, Mac-Mahon se lance à l'intérieur. Les Beni-Iraten ne cédèrent qu'écrasés sous le nombre et le feu d'une artillerie dont la marche à travers cette difficile région fut à elle seule une épopée. Les

Beni-Menguillet, leurs alliés, se retranchèrent dans leur village d'Ichériden, et, jusqu'au 24 juin, soutinrent désespérément les assauts des Français. Leur soumission, la capture de la prophétesse Lalla-Fatma furent les derniers épisodes d'une campagne qui n'avait pas duré moins le deux mois. Le Fort-Napoléon, aujourd'hui Fort-National, fut élevé au cœur de la Kabylie pour en contenir les trop remuantes populations.

En 1867, une terrible famine éprouve la colonie : les désastres qu'elle occasionne sont à peine réparés qu'une crise redoutable vient l'ébranler au moment même où la mère-patrie vit ses frontières céder de toutes parts sous le flot de l'invasion allemande.

L'insurrection avait couvé trois mois pour éclater au début de 1871. La métropole venait d'appeler des contingents indigènes à la défense des frontières ; les troupes levées aux environs d'Alger étaient parties avec joie et on sait l'admirable concours qu'elles prêtèrent à la patrie. Mais une smala de spahis venue de l'Aurès se déroba au moment d'embarquer et reprit la route de ses montagnes; elle fait boule de neige sur son passage et attaque entre Constantine et Collo le poste de Milia : fermes isolées et villages sont mis à feu et à sang. Un grand chef, qui a reçu de nombreuses marques de faveur du gouvernement français, mais qu'ont ruiné l'amour du luxe et le jeu, Mokrani, donne à l'insurrection l'unité d'action qui lui fait encore défaut; en quelques jours toute la Kabylie est en armes. Fort-National, Bougie, Dellys, Tizi Ouzou sont investies ainsi que Sétif, Batna et Aumale. La Mitidja elle-même n'est pas épargnée : 10.000 Arabes sillonnent l'ouest et le sud; un vieux cheick fanatique prêche la guerre sainte et entraîne les indécis.

Le général Saussier s'emploie avec une admirable activité à organiser les secours; vieux soldats, miliciens, francs-tireurs courent aux armes; le colonel Cerez et le général Lallemant prennent le commandement de deux colonnes; Mokrani, serré de près en Kabylie, est atteint par

une vaillante petite compagnie franche; une balle lui traverse le cou tandis qu'il cherche à s'ouvrir de force un
passage; il meurt en clamant des versets du Coran. Son
frère Bou-Mezrag tient encore la campagne pendant cinq

EN KABYLIE

mois; ses bandes, cernées à Bou-Thaleb, sont écrasées,
leurs débris poursuivis à outrance jusque dans le sud; lui-
même est ramassé mourant aux portes de Tuggurt par le
général Lacroix. Les derniers coups de fusil furent tirés
en 1874 à Bou-Choucha par la colonne du général Gal-
liffet qui poussa jusqu'à El-Goléa.

UNE RUE A BISKRA

3

Ce soulèvement coûta cher aux Kabyles. Les chefs furent passés par les armes; leurs lieutenants et les notables les plus compromis prirent la route de la Nouvelle-Calédonie; leurs biens restèrent sous séquestre; le pays dut solder une indemnité de guerre de 36 millions. L'insurrection de 1871 fut la dernière qui menaça sérieusement notre domination en Afrique.

Celle de 1882 qui précéda l'occupation de la Tunisie ne fut que locale. Le départ des troupes pour la Régence enhardit Bou-Amana, marabout de Moghar-Tahani, à prêcher la guerre sainte dans le Sud-Oranais; au début ce fanatique réussit à nous infliger quelques échecs isolés. Mais Saussier lance six colonnes vers la frontière marocaine, tandis que le travaux de la voie ferrée sont rapidement poussés d'Arzew jusqu'à Saïda pour faciliter les approvisionnements. Les généraux Delebecque et de Négrier, renouvelant la tactique des lieutenants de Bugeaud, sillonnent la région de Géryville, d'Aïn-Sefra et de Méchéria, tombant à l'improviste sur les partisans de Bou-Amana, répondant à leurs razzias par des razzias d'une audace déconcertante.

C'est dans le M'zab, vaste région adossée aux contreforts de l'Atlas saharien, couverte d'un épais essaim d'oasis, peuplée de tribus industrieuses et commerçantes, que les gens de Bou-Amana puisaient toutes leurs ressources en vivres, armes et munitions. Une marche aussi savamment préparée que rapidement exécutée amène nos troupes au cœur des tribus M'zabites avant que celles-ci aient eu le temps de se retourner. En quelques semaines nous sommes maîtres de la région qui est annexée politiquement à l'Algérie. Ce coup de force décide les « Juifs du désert » (c'est ainsi que les Arabes appellent les M'zabites) à se donner à nous d'autant plus loyalement, que, madrés compères, ils entrevoient du premier coup l'avantage de nouvelles relations commerciales. A la fin de 1882, la révolte de Bou-Amana était réprimée.

Les derniers mouvements n'ont jeté qu'un trouble très

passager dans le développement de la colonisation. Cette
œuvre a suivi une évolution parallèle à celle de la conquête. Les 4.500 colons français de 1841 sont devenus
150.000 en 1900. Les blanches cités arabes du Tell commencent à disparaître derrière les façades d'élégantes
constructions européennes; dans la plaine et sur les plateaux, le sol défriché s'est couvert de vignobles et de
riches cultures; de tous côtés les villages sont reliés par
de belles routes, les principaux centres par un important
réseau ferré qui s'enrichit chaque année de tronçons nouveaux. Des travaux d'utilité publique ajoutent au bien-être
des populations et à la fertilité des campagnes. De nombreuses écoles apprennent à d'innombrables petits Arabes à
estimer les bienfaits de la civilisation nouvelle que la
France a répandus sans compter au milieu même des petites bourgades kabyles et parmi les douars nomades du
sud. Et toute cette jeunesse, oubliant les vieilles rancunes
barbares, est prête à cette heure à prendre part aux travaux et aux gloires de la mère-patrie.

CHAPITRE II

La France au Sénégal.

Le Sénégal est une de nos plus anciennes colonies. Dès le XVᵉ siècle les marchands normands, bretons et basques en fréquentaient les côtes et en rapportaient la gomme, l'ivoire et l'or. D'abord exploité par des compagnies privilégiées, puis érigé en colonie de la couronne, le Sénégal passa par de nombreuses alternatives de prospérité et d'infortune. Au XVIIᵉ siècle, un merveilleux organisateur, André Brüe, avait montré tout le parti qu'on pouvait tirer de ces territoires trop dénigrés. Puis les luttes que la France soutint en Europe au XVIIIᵉ siècle et au début du XIXᵉ, détournèrent l'attention de la métropole de ses comptoirs africains qui, abandonnés à eux-mêmes, tombèrent aux mains de nos rivaux les Anglais. Ceux-ci y demeurèrent jusqu'aux traités de Paris de 1815 qui nous les restituèrent.

Notre réinstallation fut marquée par une terrible catastrophe. Les fonctionnaires et les soldats, destinés à reprendre possession de Saint-Louis, de Gorée, de Richard-Toll, de Dagana, avaient été embarqués sur la frégate *La Méduse* commandée par un marin... qui n'avait jamais navigué. Ce vaisseau échoua sur le banc d'Arguin; quelques naufragés entassés dans une chaloupe réussirent à atteindre la côte et à rejoindre Saint-Louis dans un état affreux de dénument; les autres empilés sur un radeau furent entraînés au large; ceux-là seuls survécurent qui consentirent à se repaître des cadavres de leurs compagnons d'infortune.

Pendant trente-sept ans, la colonie du Sénégal demeure comme frappée d'impuissance; 31 gouverneurs, titulaires ou intérimaires, s'y succèdent sans pouvoir rien faire d'utile. L'arrogance des petits potentats maures du Cayor et de la Casamance ne connaissait plus de bornes, quand, en décembre 1854, le ministère de la marine envoya à Saint-Louis le commandant du génie Faidherbe avec mission de relever au Sénégal le prestige de la France. Ce choix était

VILLAGE NÈGRE AU SÉNÉGAL

en tous points heureux : bravoure, énergie, science profonde du pays, estime des colons, rien ne manquait au nouveau gouverneur pour réussir. Son œuvre équivaut à une seconde conquête du Sénégal.

A son arrivée, Saint-Louis n'était que ruines. Les environs n'étaient guère plus sûrs que la ville : les maures Trarzas en battaient les sentiers sans relâche, enlevant les caravanes qui se risquaient encore à apporter la gomme et la poudre d'or, mettant à rançon ou à sac les bourgades nègres éparpillées sur la rive droite du fleuve.

Suivant avec méthode le développement de l'œuvre à laquelle il s'est consacré corps et âme, Faidherbe commence par relever les murs de Saint-Louis; puis il entame une guerre sans trève ni repos contre les Trarzas. En personne il dirige les colonnes légères qui tombent à l'improviste sur les pillards; il refoule ceux-ci dans le désert, en débarrasse le Cayor, le pays Yolof et le Oualo, et prévient leur retour par l'établissement d'une chaîne de postes fortifiés tendue de Saint-Louis à Médine. Pour rendre immédiatement profitable chaque victoire il double chaque fortin d'un comptoir et en fait le centre d'un marché vers lequel s'acheminent bientôt les produits indigènes. Joignant la diplomatie à la force, il amène bon nombre de chefs indigènes à se contenter des bénéfices légitimes d'honnêtes convoyeurs de caravanes : en moins d'un an le Sénégal retrouve la prospérité du temps d'André Brüe.

Mais les Maures ne se tenaient pas pour battus: les murs du « tata » de Médine n'étaient pas secs que soudain une horde de barbares menaçait le nouvel établissement. L'invasion avait à sa tête un certain El-Hadj-Omar (Omar le pèlerin). Ce marabout, tout frais arrivé de la Mecque, avait en peu de temps recruté une armée de plus de 20.000 hommes.

Quand cette formidable avalanche vint battre le pied du fort de Médine, elle se heurta à une garnison comptant en tout onze Européens, placés sous les ordres d'un officier créole, Paul Holl. Il est vrai d'ajouter qu'un chef nègre des environs, du nom de Sambala, avait amené un renfort d'une centaine de noirs et juré de mourir aux côtés du chef blanc plutôt que de rentrer sous la domination musulmane. Le 20 avril au matin, l'armée d'El-Hadj se rue en hurlant sur le fort, pleinement rassurée par le prophète qui lui a prédit que les canons des blancs ne partiraient pas. Ce premier assaut est repoussé victorieusement; mais les Maures se contentent de se mettre à l'abri des balles. Une seconde attaque, tentée quelques jours après, a le même insuccès : Omar, en raison des pertes énormes qu'il a subies, se décide alors à bloquer la place espérant la prendre par la famine. En juin la place tenait toujours; mais la faim commençait à s'y faire sentir. Deux émissaires étaient sortis pour aviser le gouvernement de la situation : avaient-ils pu atteindre Saint-Louis?

« La poudre, dit M. Gaffarel, manqua bientôt; on s'en procura de fort mauvaise en vidant un certain nombre d'obus. Les soldats étaient pour la plupart réduits à un seul coup... De temps en temps Sambala venait trouver Paul Holl : « Donne-nous de la poudre, demandait-il, et je te jure que nous allons tuer ces païens jusqu'au dernier. »
— « Mais non! répondait le vaillant officier avec un imperturbable sang-froid... De la poudre, j'en ai plein ce magasin; mais l'air est déjà empesté par l'odeur des cadavres; si nous tuons d'autres ennemis, nous mourrons tous asphyxiés par l'odeur. Attends au moins que les Maures livrent un nouvel assaut, et n'aie pas peur!... » La situation pourtant devenait horrible. Paul Holl, décidé à ne pas capituler, appela un soir le sergent Desplat, et tous deux passèrent une partie de la nuit à faire une mine dans le réduit du fort avec ce qui restait de poudre : quand l'ennemi forcerait les murs, on devait se faire sauter.

« Le 18 juillet, de sourdes détonations retentissent au loin. La petite garnison court aux murs tout enfiévrée d'espoir : bientôt on croit voir des costumes européens; plus de doute : ce sont des libérateurs. C'étaient eux en effet et Faidherbe à leur tête. »

A la première nouvelle du danger le gouverneur s'était jeté à bord du *Basilic* avec deux ou trois cents hommes, avait remonté le Sénégal à toute vapeur; il tombait sur le dos d'El-Hadj et mitraillait ses bandes. « De la poudre ! de la poudre! s'écrie Sambala, en voyant l'ennemi fuir de toutes parts devant la petite armée française. — De la poudre ? réplique Paul Holl, il y a longtemps que je n'en ai plus!... A la baïonnette, mes garçons! » La vaillante garnison, électrisée par un pareil chef, se précipite au-devant du corps de secours, et ne cesse le massacre qu'exténuée de fatigue. Elle avait résisté pendant quatre-vingt-quinze jours!

Quelque ébranlé que fût son prestige au lendemain de

cette défaite, El-Hadj reformait une nouvelle armée dans
les environs de Guémou. Le commandant Faron engage
avec lui, le 25 octobre 1859, une sanglante bataille; elle
nous coûte 136 hommes tués ou blessés; mais le prophète
vaincu est obligé de se soumettre. Il alla se consoler de
ses échecs en faisant la conquête des royaumes de Ségou,
de Kaarta et d'une partie du pays Mandingue. Il devait
peu de temps après périr de tragique manière : cerné par

LE RIO PONGO

les Bambaras et dans l'impossibilité de leur échapper, il
s'assit sur un baril de poudre auquel un de ses derniers
fidèles mit le feu.

Quand Faidherbe quitta le Sénégal en 1865, la France
se trouvait maîtresse des vastes territoires que traverse
le fleuve depuis Saint-Louis jusqu'au Félou : le Timar, le
Fouta central, le Doro, le Damga, la région aurifère du
Bambouk, le Saloum, la Casamance, la Mellacorée étaient
annexés ou placés sous notre protectorat; le Fouta-Djallon
était pénétré. Enfin, sur l'ordre du gouverneur, Mage et
Quintin, au cours d'un admirable voyage d'exploration,

atteignaient le Haut Niger près de Bammako, le descendaient jusqu'à Ségou et étudiaient tout particulièrement la région de Kita, gros village situé juste à mi-route du Bafing et du Niger, que sa salubrité et sa position désignaient pour devenir notre base d'opération vers l'est et un futur grand centre de colonisation. D'autre part Saint-Louis était assainie et embellie, dotée de beaux monuments, d'écoles, d'un musée, de casernes, d'hôpitaux, etc.

Faidherbe eut pour successeur un officier du plus grand talent et son collaborateur pendant 10 ans; Pinet de Laprade. C'est du côté des rivières du Sud que se portèrent les efforts de celui-ci. Nous possédions depuis longtemps des établissements sur la côte que limitent au' nord la Gambie anglaise, et au sud la Roquelle. Une large enclave formée par la Guinée portugaise devait être respectée; mais il y avait profit à relier nos comptoirs de la Casamance, du Rio Nunez, du Rio Pongo et de la Mellacorée. Les territoires qui séparaient ces parcelles, éloignées de 700 kilomètres de Saint-Louis, furent réunis sous notre protectorat. Sur la Haute Casamance, le gouverneur renforça le poste de Shédiou, créa ou agrandit ceux de Boké sur le Rio Nunez, de Boffa sur le Rio Pongo, de Dubreka et de Benty au Sud. La capitale est aussi l'objet des préoccupations de Pinet de Laprade qui, le 12 juillet 1865, inaugure le beau pont métallique qui rattache Saint-Louis à la terre ferme et qui reçoit le nom de pont Faidherbe. Une attaque de choléra vint malheureusement enlever cet excellent administrateur en 1869.

A partir de ce moment notre expansion s'arrête aux limites données à la colonie par ses deux éminents gouverneurs, et, jusqu'en 1878, toute notre activité se concentre sur Saint-Louis dont l'importance commerciale s'accroît chaque jour.

Une large voie cependant s'ouvrait à notre initiative du côté de l'est, celle du Soudan dont Mage et Quintin avaient, en 1863, reconnu le premier tronçon jusqu'à mi-route de Timbouktou et qu'avait parcourue jusqu'au bout, en éclaireur, quelque trente ans auparavant, un des plus étonnants pionniers de « l'Afrique à découvrir », le Français René Caillié.

Fils d'un pauvre boulanger de Mauzé, petit bourg des Deux-Sèvres, René Caillié fut pris dès treize ans de la passion des voyages, à la suite de la lecture des voyages de Mungo-Park dans l'Afrique occidentale. A peine âgé de seize ans, il s'embarque en qualité de petit mousse sur *la Loire* qui devait se rendre à Saint-Louis de conserve avec *la Méduse*. C'est à ce choix judicieux que notre héros dut de ne pas être mangé en herbe. Mais sa jeunesse en fait la facile proie des fièvres; il est obligé de rentrer en France.

Six ans se passent. Mieux entraîné aux climats tropicaux par un séjour aux Antilles, Caillié reprend la route du Sénégal et commence par s'initier à la langue, aux mœurs, aux coutumes, aux pratiques religieuses de la religion musulmane qui seules lui ouvriront les voies du continent noir si jalousement gardées par l'Islam. Puis il sollicite la mission officielle d'aller reconnaître la mystérieuse Timbouktou que l'imagination des Européens entourait d'un nimbe de légendes fantastiques. Econduit par le gouverneur français du Sénégal et par le commandant anglais de Sierra-Leone, il projette de réaliser son fier dessein avec ses seules ressources. Il avait réussi à mettre de côté une petite pacotille de verroterie, de couteaux, de mouchoirs de soie, de poudre d'or, le tout pesant bien 50 kilos. Dans sa « gandoura » il serre 2 petites boussoles, quelques feuillets du Koran et une petite pharmacie de poche dont lui a fait cadeau un ami de Sierra-Leone.

Le 22 mars, il quitte Freetown, gagne le Nunez et là se joint à cinq Mandigues qui regagnaient leur village du Niger. Six mois après son départ, contournant le massif montagneux du Fouta-Djallon dont les populations étaient en guerre contre le roi de Timbo, Caillié atteignait le grand fleuve à Kouroussa. A partir de Kouroussa, le Niger s'enfonce dans l'immense forêt du Ouassoulou qu'infestaient en ce temps-là de nombreux partis de pillards. L'explorateur attend de pouvoir se joindre à une caravane plus forte que la petite compagnie en laquelle il voyage et, après une série de déboires variés, il arrive en août au joli village de Tiné.

La brousse avait déchiré ses pieds dont les blessures s'envenimèrent; la fièvre contractée dans les marais ébranla son cerveau; les privations, la fatigue déterminèrent chez lui une violente attaque de scorbut qui le mit à deux doigts de la mort. Il ne fut sauvé que grâce au dévouement d'une vieille négresse, la mère de son hôte, qui ne le quitta ni jour ni nuit et soutint ses premiers pas quand commença la convalescence. A peine remis, Caillié apprend qu'une caravane va partir pour Tombouctou avec un chargement de noix de kola et de karité. L'occasion de visiter la cité mystérieuse lui semble trop belle pour qu'il la laisse échapper; rassemblant toutes ses forces, il fait ses préparatifs de départ, achète une mule et se joint aux caravaniers. A Dienné, gros village situé au sommet du long plateau qu'embrassent le Niger et son principal affluent supérieur le Mahel-Balével, il troque sa verroterie contre des tissus en usage sur le moyen fleuve. En retour de l'offrande d'un parapluie, le chef de la localité lui remet une lettre de recommandation pour un de ses commettants de Tombouctou. Ce brave noir promet à Caillié un bateau qui le transportera avec toute sa pacotille.

Le 23 mai, notre vaillant Français trouve à l'endroit désigné la pirogue promise et commence à descendre le fleuve qui coule lent et majestueux de l'ouest à l'est. « Très profond à cet endroit, il a trois fois la largeur de la Seine au Pont-Neuf; ses rives sont basses et découvertes; çà et là des bouquets de grands arbres abritent des villages entourés de riches cultures; de distance en distance, s'échancrent de petits ports où les pêcheurs halent leurs pirogues et font sécher leurs carrelets ou leurs longues sennes. » Après cinq semaines de navigation, la barque, tirée à la cordelle par des noirs braillards et querelleurs, atteint le lac Déboë. Le 19 avril 1828, un an juste après son départ du Nunez, Caillié arrive à Kabara, qui est à Timbouktou ce que le Pirée est à Athènes. La vue de ce faubourg lui causa un grand désappointement : c'était un amas de misérables cases servant de magasins aux marchands de la ville, de refuges aux esclaves débardeurs, ou à des pêcheurs. Le lendemain soir, entrée à Timbouktou! « En pénétrant, dit René Caillié, dans cette cité mystérieuse, objet des recherches des nations civilisées de l'Europe, je fus saisi d'un sentiment inexprimable de satisfaction;

MOSQUÉE DE SANKORÉ (Timbouktou.)

je n'avais jamais éprouvé une sensation pareille et ma joie était sans bornes. Cependant, revenu de mon enthousiasme, je trouvai que le spectacle ne répondait pas à mon attente. La ville est située dans une immense plaine de sable blanc et mouvant où il ne croît que de maigres arbrisseaux. Les habitants, au nombre d'environ 12.000, n'ont d'autre habitation que des cabanes en torchis et couvertes de paille. Les principales ressources de Timbouktou sont tirées du commerce du sel. Les ennemis-nés des gens de Timbouktou sont les Touareg, sauvages nomades, qui ont rendu tous les nègres tributaires et exercent aux portes mêmes de la ville les plus affreux brigandages. La ville est gouvernée par un nègre, brave mar-

chand et dont la dignité est héréditaire. C'est un père de
famille aux mœurs simples et douces des anciens patriar-
ches qui vit des cadeaux de son peuple. »

Mais au bout de quatorze jours, Caillé s'aperçut que sa
curiosité avait mis les indigènes en méfiance. Or le major
Laing avait payé de sa vie, peu de temps auparavant, une
imprudence de ce genre. Sentant venue l'heure de quitter
l'inhospitalière cité, Caillié se débarrasse de sa pacotille,
loue un chameau et se joint à une forte caravane en par-
tance pour le Maroc. Il fait ses adieux à son hôte, lui
demande s'il n'a point quelque commission pour l'Egypte,
et s'achemine sur Fez, enthousiasmé à l'idée d'accomplir
cette extraordinaire traversée de l'Afrique occidentale.

Caillié nous apprend comment les Arabes se dirigeaient
à travers le désert, sans boussole, reconnaissant leur route
à la différence de couleur du sable, à la présence d'un
rocher, d'une touffe d'herbes, d'indices qui échappent à
notre perception. Plus on marchait vers le nord plus le
désert devenait aride et la chaleur accablante. Le 10 mai,
fut atteint l'endroit où, deux années auparavant, était tombé
le major Laing, étranglé par les gens de son escorte. La
caravane franchit l'affreuse région d'El-Araouan, puis les
territoires d'El-Harib, atteignit, le 13 juillet, les oasis
d'El-Drah et, le 29, celles du Tafilet. Le 12 août, Caillié
entrait à Fez, puis gagnait Tanger et de là s'embarquait
pour la France.

Ainsi avait été effectuée par Caillié la première grande
traversée du continent africain.

CHAPITRE III

Dans l'Afrique du Nord.

I

LE PROTECTORAT TUNISIEN

Dix ans après les douloureux événements de 1870-71, la France avait accompli, dans le recueillement d'un travail méthodique, son relèvement financier et militaire : la grande blessure était cicatrisée. Le sentiment de sa force rajeunie, l'instinct d'activité qui forme la dominante du caractère de la race, le besoin d'expansion économique qui découlait de l'intensité même de sa vitalité, la nécessité de détourner son esprit du dangereux cauchemar d'une revanche dont l'heure n'était pas venue... tels furent les divers courants qui dirigèrent l'action française du côté de la Tunisie.

Mais si notre heureuse et rapide convalescence nous permettait enfin de sortir de la maison, il fallait que cette première sortie fût entourée de mille précautions. Une rechute pouvait être fatale au pays. Le soin de ses destinées était, à cette époque, heureusement confié à un grand citoyen doublé d'un grand patriote, qui entrevit même dans l'expédition de Tunisie quelque chose de plus opportun qu'une simple diversion à un état d'âme, et de plus pratique qu'une vulgaire saisie gagère, garantissant les dettes contractées par la Régence vis-à-vis de la France.

Pour Jules Ferry la conquête de la Tunisie devait être le premier acte de la Revanche même. Ce fut là la première étape de cette politique nouvelle, de cette politique coloniale, si française par la satisfaction qu'elle donne à l'esprit d'aventure et à l'esprit militaire de la race, qui en vingt ans a réparé la perte momentanée de quelques arrondissements français par la conquête d'un empire colonial d'une

JULES FERRY

telle étendue, d'une telle richesse, d'un tel avenir que l'imagination des Montcalm et des Dupleix n'eût osé en ébaucher même la conception.

Comme Montcalm et comme Dupleix, J. Ferry est mort à la tâche, dénigré par les sots, incompris par le peuple qu'il aimait tant. Pourtant, douze ans à peine sont passés et déjà, plus heureuse que celle de ses deux glorieux émules, son œuvre se détache aujourd'hui éclatante, non comme la leur sur les rougeurs du crépuscule monarchique, mais

TUNIS

sur les claires gloires de l'aurore républicaine... Cette
œuvre logiquement poursuivie a abouti à la reconstitu-
tion de cette grande France extérieure que la vieille monarchie avait si pitoyablement trahie. La conquête de la Tunisie a complété la conquête de l'Algérie; celle du Sahara
et du Soudan a fait un seul bloc de notre domaine de
l'Afrique Mineure et de notre ancien domaine de la côte
occidentale; la pénétration de la Guinée, la prise de possession du Dahomey ont élargi nos fenêtres sur le grand
golfe africain. Puis par le nord et par l'ouest notre influence a gagné le centre, et s'est enfoncée jusqu'au Tchad
pour rayonner vers le nord jusqu'à la Tripolitaine, vers
le sud jusqu'au Congo, vers l'ouest jusqu'à la vallée du Nil. Gallieni, Borgnis-Desbordes, Dodds, Ballot, Monteil, Binger, Hourst, Mizon, Crampel, de Brazza,
Maistre, Liotard, Marchand furent les intrépides missionnaires de la foi que prêcha Jules Ferry... les bras vigoureux
qui ont fait une réalité du rêve africain de ce grand cerveau, comme aussi, en Asie, Rivière, Courbet, Brière de
l'Isle et Paul Bert ont fait une réalité de son rêve des Nou-
velles-Indes françaises en plaçant l'Indo-Chine sous la
domination française.

Il n'est pas besoin de remonter très haut dans l'histoire
de Tunisie pour y trouver le prétexte d'une intervention
française dans les affaires de la Régence. De 1860 à 1870,
les relations entre les Tuileries et le Bardo avaient été
fort amicales. Malheureusement le soin d'administrer le
trésor beylical avait été confié par Shadok à un certain
Mustapha-Khaznadar, qui comprenait le crédit d'une manière toute particulière : il ne voyait dans l'amitié française qu'une excellente occasion d'emprunts dont le rem-
boursement ultérieur constituait le dernier de ses soucis.
Les besoins du ministre et de ses amis, leur luxe effréné,
leurs dilapidations sans contrôle formaient comme un sable
désertique qui absorbait les ondées d'écus venues du Nord.

Bref, en 1869, le pauvre Shadok, à bout de crédit, dut
se résigner à déposer son bilan. La France, puis l'An-

gleterre et l'Italie, consentirent à lui venir en aide une dernière fois. Les comptes de Khaznadar furent épurés non sans peine et la dette tunisienne réduite de 175 à 125 millions. Malgré tous les efforts, la caisse beylicale ne pouvait demeurer étanche; la fantaisie et la rapacité des fonctionnaires indigènes y entretenaient des fuites que le plus sérieux contrôle ne parvenait pas à aveugler, et d'année en année une dette flottante énorme grossissait à côté de l'ancienne; une seconde banqueroute était imminente dès la fin de 1880.

Les Anglais et les Italiens, nos rivaux, exploitèrent la situation contre nous et nous aliénèrent l'esprit du bey.

Mais M. Roustan est envoyé à Tunis en 1874 pour déjouer leurs intrigues. Cet agent sut rendre tout d'abord à notre pays sa place dans les affaires de la Régence et reconquérir, comme au temps des traités de Louis XIV, la prééminence sur les autres consuls. Les sympathies qu'il avait ramenées vers la France étaient telles qu'au bout de six ans une partie de la population nous appelait, attendant de nous des réformes et une meilleure administration.

Le congrès de Berlin avait examiné l'éventualité de notre établissement dans la Régence, et M. Waddington avait obtenu du marquis de Salisbury cette précieuse déclaration « qu'il ne devait tenir qu'à nous seuls de régler, au gré de nos convenances, la nature et l'étendue de nos rapports avec le Bey; le gouvernement de la reine acceptait d'avance toutes les conséquences que pouvait impliquer, pour la destination ultérieure du territoire tunisien, le développement naturel de notre politique. » Singulier revirement dans la politique séculaire de l'Angleterre à l'égard de la France! Il ne faudrait pas cependant en être dupe. L'Allemagne, qui ne redoutait rien tant à cette époque qu'un retour offensif de la France, s'était empressée de mettre le holà aux muettes ambitions du cabinet anglais. Il semble même qu'il ait existé entre Jules Ferry et le prince de Bismark une sorte d'entente pour faciliter à la France son établissement définitif en Tunisie.

Quoi qu'il en soit, d'impérieuses raisons d'agir dans la Régence nous furent fournies en 1881.

En effet, dans les massifs aux ondulations capricieuses et tourmentées — sorte de Kabylie tunisienne balafrée de profonds ravins, couverte d'une végétation hirsute qui flanquait à l'est l'Algérie, — habitaient les tribus Kroumirs, Houchtetas, etc., réfractaires à toute sujétion d'où qu'elle vînt, vivant de pillage surtout, de leur travail un peu : les collecteurs d'impôts tunisiens ne redoutaient rien tant que de s'aventurer parmi elles, sûrs de n'y récolter que des coups de fusils. A maintes reprises déjà nos tribus algériennes avaient eu à souffrir des déprédations de ces redoutables voisins. En février 1881, se produisit une nouvelle agression. Invité à une répression énergique, le gouvernement beylical accepta de discuter le chiffre d'une indemnité, mais ne mobilisa même pas une compagnie pour rétablir l'ordre; en mars, nous sommes obligés de lancer contre les Kroumirs un bataillon du 59e de ligne; un véritable combat s'engage; il nous coûte un tué et plusieurs blessés.

A peine les détails de l'incident sont-ils parvenus à Paris que le gouvernement de la République prend l'énergique décision de rétablir lui-même l'ordre dans la Régence, puisque l'autorité du Bey n'y est plus qu'un vain mot. La France entière, saisie d'une saine émotion, applaudit avec enthousiasme à l'ordre de marche donné au général Forgemol de Bostquenard. Pendant dix ans le drapeau français était tristement demeuré dans sa gaine : il allait donc pouvoir dépouiller, au soleil d'Afrique, le crêpe qui depuis l'année terrible endeuillait ses trois couleurs et prouver que ses plis étaient assez vastes pour y envelopper encore de nouvelles gloires.

A la mi-avril le commandant en chef a concentré à Bône trois belles divisions sous les ordres des généraux Logerot, Japy et Delebecque. L'armée d'Algérie a fourni 8.000 hommes; les troupes amenées de France en comptent 22.000 qui avec une fiévreuse impatience attendent pour partir la fin des pluies de printemps. Le général Forgemol

met à profit le retard apporté par les inondations pour
réunir le plus possible de renseignements sur les moyens
de communication et de transport, les ressources, la topographie même de la Kroumirie, pays à peu près inconnu
jusqu'alors, parce que impénétrable et protégé contre la
curiosité des Roumis aussi bien par le fanatisme de ses
tribus que par les brouillards intenses qui, pendant une
grande partie de l'année, voilent les croupes capricieuses de
ses montagnes et remplissent les vallées broussailleuses de
leurs cols.

Enfin, le 22 avril, le ciel cesse de déverser sur le Tell
ses torrents d'eau : en route! L'armée française s'est à peine
ébranlée que les Kroumirs sont déjà rentrés dans leurs
montagnes où ils battent le rappel parmi les tribus et réussissent à se grouper au nombre d'environ 25.000. La brigade Logerot se jette à leur poursuite et donne rendez-
vous sous les murs du Kef à la brigade Delebecque qui
s'avance par la vallée de l'Oued-Melleg pour empêcher
l'ennemi de nous échapper dans le sud.

Cette battue du haut relief de Kroumirie et des gorges
de Ghardimaou fut l'opération la plus pénible peut-être de
toute la campagne: pas de routes; à peine çà et là quelques
sentiers courant le long des précipices ou s'abîmant dans les
cloaques formés par les dernières pluies; il faut se frayer
passage au fond des ravins que dominent des terrasses
propres aux embuscades; les convois de vivres s'embour-
bent; les attelages d'artillerie menacent à chaque pas de
rouler le long des pentes. Quatre longs jours on marche
ainsi, toujours sur le qui-vive; heureusement pas le
plus petit parti ennemi. Reculant de crête en crête, les
Kroumirs ne se décident à nous barrer la route qu'en
avant du col de Fedj-Kala. Massés sur les deux versants
qui dominent le passage, ils résistent héroïquement au feu
meurtrier de nos pièces; ils se replient en désordre sur
Hadjar-Menkoura, puis sur Kef-Chéraga et tentent de tenir encore dans ces deux citadelles naturelles; les tirailleurs algériens et la légion étrangère les en délogent à la
baïonnette. Le général Logerot, qui n'avait guère trouvé

de résistance qu'à Ben-Béchir, arrivait dans l'après-midi sous les murs du Kef.

Les portes en avaient été fermées dès la veille. Les officiers tunisiens étaient disposés à résister; mais les habitants, commerçants paisibles ou petits banquiers israélites, redoutant moins nos soldats que leurs défenseurs trop enclins à piller leurs meilleurs amis, appuyèrent avec force cris d'épouvante les démarches tentées près du commandant de la citadelle par notre agent consulaire, M. Roy.

CAVALIERS TUNISIENS

Celui-ci réussit à désarmer les soldats du Bey en leur affirmant que nos troupes ne venaient que pour les aider à réprimer les brigandages des Kroumirs... Les portes s'ouvrent enfin et le général Logerot entre dans la Casbah, à la grande joie des gens du Kef qui le supplient de leur laisser une garnison pour protéger leurs biens et leurs personnes. On couche au Kef, et, après y avoir maintenu un bataillon, le général se jette dès le lendemain à la poursuite des Kroumirs qui se sont reformés pendant la nuit. Prises entre la colonne Logerot et la colonne Delebecque exacte au rendez-vous, les tribus montagnardes opposent une résistance désespérée et se précipitent bravement sur nos tirailleurs; l'action fut chaude, mais elle ne dura que quelques instants; fauché par nos feux de salve, l'ennemi s'enfuit de tous côtés, laissant plus de la moitié des siens sur le terrain. Dès le 15 mai, c'en était fini de cette race indomptable.

Pendant cette marche brillante, notre escadre n'était pas restée inactive. Nos colonnes n'étaient même pas entrées en Kroumirie que le fort de Tabarca s'était rendu; quelques obus avaient suffi pour en démoraliser la garnison.

Cependant l'entrée du corps expéditionnaire sur le territoire tunisien et la rapide occupation du Kef ont produit à Tunis une grande émotion. Le Bey entre dans une violente colère et veut déclarer l'état de guerre. M. Roustan l'en dissuade; il lui démontre que son intérêt et celui de la Régence exigent qu'il coopère à l'œuvre de pacification militaire que nous n'avons entreprise qu'en raison même de l'impossibilité où se trouve son Altesse d'assurer l'ordre dans ses états. Le Bey demande à réfléchir; son indécision enhardit ceux de son entourage dont notre intervention a mis les projets à vau-l'eau; une action malsaine est exercée sur lui par l'intermédiaire de quelques meneurs des confréries musulmanes, tandis qu'une effervescence factice est provoquée par les agents inavouables de chancelleries désappointées. Circonvenu, effrayé, le Bey, sur une communication mystérieuse venue de Constantinople où il a noué une nouvelle intrigue, forme le dessein de s'enfuir dans l'intérieur avec un petit nombre de fidèles et d'y prêcher la guerre sainte.

Un événement inattendu dénoue brusquement la situation : le 2 mai arrive à Tunis la nouvelle qu'une forte escadre française a jeté l'ancre devant Bizerte, débarqué un corps d'armée dans la place, que dans quelques heures nos troupes vont être rendues sous les murs de Tunis. Le Bey se résigne, abandonnant le suprême espoir qu'a fait luire en son esprit le bruit d'une intervention armée de la Turquie.

Or, rien n'était plus réel que ce projet d'intervention. Le sultan avait armé ceux de ses vaisseaux de guerre qui

par hasard ne prenaient pas l'eau, s'était procuré un grand
nombre de transports dont plusieurs avaient bien un peu
l'air de vieux steamers anglais, y avait embarqué marins
et soldats et donné l'ordre à ses commandants d'aller chasser bien loin des côtes et des frontières de Tunisie les
escadres et les armées françaises.

L'armada d'Abdul-Ahmid était déjà à la Canée quand,
le 5 mai, parvint à Paris la nouvelle de son départ. Notre
ministre des affaires étrangères ne perdit pas un instant;

ENTRÉE DU PALAIS DU BARDO

il télégraphia à son représentant près de la Sublime Porte
d'aviser sur le champ le Sultan qu'une escadre française
quittait Toulon et passerait par le fond la flotte ottomane
« à la première tentative hostile de sa part sur un point
quelconque du territoire de la Régence ». Presque au même
moment les ministres turcs apprennent le débarquement
sous Bizerte des troupes transportées par l'escadre française, escadre que le gouvernement a mobilisée à Toulon
dans le plus grand mystère et qui a traversé la Méditerranée à toute vapeur.

La rapidité de notre action inspire de salutaires réflexions
à la Porte; elle proteste pour la forme, avec l'impudente

dissimulation qui fait la force de sa diplomatie, de la pureté de ses intentions... et gare sa flotte dans le port de Tripoli.

En présence de l'échec de la Sublime Porte, le cabinet anglais, qui nous voit avec dépit maîtres de la formidable position de Bizerte, nous propose ses bons offices; le Quai d'Orsay oppose à cette avance un refus catégorique; et, pour couper court à toute ingérence extérieure, Jules Ferry

UNE PORTE DE SFAX

fait passer l'ordre au général Bréart de se porter sur Tunis. Le 12 mai, l'avant-garde s'arrêtait à la Manouba, à deux kilomètres du palais du Bey. Le général présenté à S. A. par M. Roustan lui remettait un projet de traité rédigé d'avance par le gouvernement français et lui donnait quatre heures pour réfléchir. Mohammed-el-Shadock, qui a entendu à plusieurs reprises M. Roustan prononcer le nom d'Ali-Taïëb, héritier présomptif de la couronne, signe à huit heures du soir le traité du Bardo.

Le gouvernement de la République garantissait l'intégrité du territoire tunisien contre toute attaque du dehors et prenait la responsabilité d'assurer l'ordre au dedans; les traités passés entre la Tunisie et les puissances étrangères conservaient tous leurs effets; enfin les parties contractantes se réservaient de procéder, lorsque le moment serait favorable, à une réorganisation totale du régime financier tunisien pour préserver le pays d'une ruine irrémédiable.

Mais le calme avait été trop subit pour être durable ; nos vaisseaux ne sont pas plus tôt rentrés à Toulon que l'agitation renaît de plus belle; des émissaires parcourent les campagnes et persuadent aux indigènes que les Français ont quitté le pays par ordre du Sultan et par peur de l'armée ottomane arrivée à Tripoli; les incendies s'allument de tous côtés; aux portes mêmes de Tunis des colons européens sont assassinés; un grand chef du Sahel, Ali-ben-Khalifa, prêche la guerre sainte et établit son quartier général à Sfax pour donner la main aux renforts du Grand Turc. Le quartier européen de cette ville est mis à sac; le consul de France blessé a toutes les peines du monde à conduire ses nationaux et les étrangers à bord des bâtiments français et européens mouillés sur rade; en moins de trois semaines la Tunisie entière est sous les armes; les confréries étendent l'agitation jusqu'au fond du Sahara. Le commandant Flatters, parti en mission dans le sud, devait être la victime de ces prédications exaspérées et tomber sous les coups des fanatiques du désert.

Malgré les critiques de l'opposition, le ministère, sentant que la crise va s'étendre sur tout le sud algérien, décide d'en finir une bonne fois avec la question tunisienne; en juillet, 30.000 hommes sous les ordres du général Saussier occupent méthodiquement la Régence et deux coups terribles sont portés à l'ennemi.

L'escadre de la Méditerranée a jeté l'ancre devant Sfax dès les premiers jours de juillet. Située en face des îles Kerkennah cette ville comptait plus de 30.000 âmes : c'était la cité la plus industrieuse et la plus active du littoral tuni-

MINARET DE LA MOSQUÉE DU BARBIER A KAIROUAN

sien; mais son port était inabordable aux grands navires
qui sont encore obligés de mouiller à 2 ou 3 kilomètres de
la plage... « Les Arabes de la côte, dit M. J. Tissot,
n'avaient aucune idée de la puissance de notre artillerie;
ils s'imaginaient qu'à la distance où les navires français avaient dû s'arrêter, nos obus n'atteindraient pas la
ville. Le 14 juillet, l'amiral Garnault et le commandant
de Marquessac font les salves réglementaires de la fête
nationale... toutes pièces chargées. Les Arabes sont vite
renseignés sur la portée de nos canons; en fort peu de
temps les murs de la citadelle sont battus en brèche; quelques projectiles vont même atteindre, par delà l'enceinte
de la ville, des campements de révoltés établis dans la
campagne. »

Le 16 juillet au matin, l'ordre de débarquement est donné.
Par un soleil splendide les embarcations prennent la mer,
emportant sous le feu de l'ennemi environ 3.000 hommes,
tant marins que soldats de l'armée de terre. Les batteries
indigènes installées sur la plage avaient été détruites la
veille; rétablies pendant la nuit, elles sont renversées de
nouveau avant le débarquement; néanmoins dans les fossés
creusés derrière elles leurs servants, acharnés à défendre
la position, attendent nos soldats de pied ferme; ils luttent
jusqu'au dernier souffle, et meurent, sans fuir ni se rendre,
près des pièces qu'ils n'ont pu protéger. « La ville se
défend de même; il faut, dans certaines rues, prendre les
maisons une à une; ce fut un exemple unique de résistance
dans l'histoire de notre occupation de la Tunisie. »

La prise de Sousse, de Djerba, de Gabès suivit celle de
Sfax. La Chambre, élue au mois d'août 1881, déclarait
qu'il ne pouvait être question ni d'abandon ni d'annexion
de la Tunisie, mais qu'elle était résolue à l'exécution inté-
grale du traité du 12 mai 1881. Sous le commandement
supérieur du général Saussier qui est entré à Tunis (10 octobre), trois colonnes sous les ordres des généraux Logerot, Etienne et Forgemol se partagent la tâche de pacifier
le pays et se donnent rendez-vous devant la ville sainte
de Kairouan.

« Si Tunis est la capitale politique de la Tunisie, Kairouan en est la capitale religieuse. Là, depuis douze siècles, l'iman, interprète et apôtre du Koran, n'a jamais vu paraître en sa présence ministre de l'Evangile. Kairouan, en effet, a toujours été une ville rigoureusement interdite à ceux qui ne professent pas l'islamisme. » Le 26 septembre, le général Etienne arrivait le premier devant la ville où ses deux collègues le rejoignaient presque aussitôt. « La ville ne se défendit pas et nos troupes entrèrent sans combat dans les murailles qui renferment le tombeau du barbier du Prophète. La colonne amenée d'Algérie par le général Forgemol comptait 10 à 11.000 musulmans de notre armée d'Afrique qui ne manquèrent pas d'aller faire leurs dévotions devant les saintes reliques. Ce zèle religieux de la part des soldats français ne contribua pas peu à faire comprendre à la population que nous arrivions en protecteurs et non en ennemis et qu'on pouvait vivre sous notre domination sans renier pour cela la foi de ses pères. »

La conquête militaire de la Régence se termine par la ratification du traité de 1881, qui consacre sur la Tunisie le protectorat de la France. La conquête pacifique commence dès 1882 sous la haute direction de M. Paul Cambon qui continue avec éclat l'œuvre de nos officiers.

Avec le concours éclairé de S. A. Ali-Bey, qui a hérité du pouvoir de Shadok et dont la haute intelligence ainsi que le grand cœur ont su apprécier à leur valeur les bienfaits de l'amitié française, les finances tunisiennes ont été relevées par la suppression des exactions fiscales de l'ancien gouvernement beylical; l'agriculture s'est merveilleusement développée par l'afflux de capitaux et de colons français; la justice, réorganisée avec un personnel français, garantit la sécurité la plus absolue dans tout le pays; et l'intransigeance fanatique des confréries de l'Islam a fait place parmi les classes intelligentes à un libéralisme éclairé qui a singulièrement contribué à relever la situation matérielle et morale de ce beau pays.

II

CHEZ LES TOUAREGS DU NORD

Dans le désert immense qui s'étend au sud du Maroc, de l'Algérie et de la Tripolitaine — vaste océan où les lames de sable ondulent en dunes stériles, — se dressent çà et là, tels des archipels, de hauts massifs de verdure, longs chapelets d'oasis dont les denses palmeraies vivent de l'humidité le plus souvent souterraine des oueds venus des monts algériens du Djebel Amour ou des hauts plateaux qui s'incurvent vers le nord entre l'Adrar et l'Aïr. Cette région embrasée des oasis, c'est le Gourara, le Touat, le Tidikelt, d'Azdjer avec leurs grands centres de Brézina, d'El-Goléa, d'In-Salah, d'Igli, de Touggourt, de Ghadamès, etc. Elle eut ses heures de prospérité : c'était, au XIVe siècle, s'il faut en croire l'historien arabe El-Khaldoun, le rendez-vous des riches caravanes qui venaient des côtes méditerranéennes et du Soudan pour y échanger leurs produits. Mais ces régions étranges, centre d'un monde mystérieux, habitées par des races mélangées, n'avaient pas tardé à tomber dans une sorte d'anarchie, née de l'organisation toute féodale qu'y avaient implantée les Arabes. Chaque oasis était devenue une sorte de fief, à l'instar de nos fiefs de la France du XIIIe siècle ; et, comme dans notre France du Moyen âge, bon nombre de hobereaux sahariens vivaient plutôt du pillage que de l'agriculture ou de l'élevage. Dans cette société fermée au reste des nations africaines par les fanatiques prédications des marabouts Senoussi, la violence et le meurtre devinrent bientôt les seuls moyens d'existence de l'aristocratie, en même temps que la haine des infidèles devenait son seul culte. C'est à cette aristocratie du désert que s'applique le nom de Touareg.

En 1859, Henri Duveyrier, avec la superbe audace de ses
dix-neuf ans, avait réussi à pénétrer dans le Touat; il avait
pu partager l'existence de ces intrépides pillards qui, le visage couvert du *litham*, vaguaient d'oasis en oasis, portés
sur leur rapide méhara, à la recherche de quelque butin, de
quelque mauvais coup à faire. En 1874, deux autres Français Dournaux-Duperré et Joubert partent de Ghadamès
pour le Ghât. En route, ils rencontrent un parti de Chambâa
dont ils acceptent la compagnie. Cette imprudence devait
leur coûter la vie; seul un de leurs chameliers put venir rap-
porter à Ghadamès les détails du drame. A peu près à la
même époque, Paul Soleillet se met en route vers la région
des Ksours Chambâa. Vêtu à l'arabe, accompagné seulement de trois ou quatre hommes, il réussit grâce à sa mer-
veilleuse connaissance de l'Islam à pénétrer jusque dans In-
Salah que seuls avant lui avaient vue, en 1826, le major anglais Laing, et, en 1864, l'allemand Gerhard Rohlfs. Puis
Largeau relève à son tour, en 1874, la route d'Alger à In-
Salah où il ne peut pas pénétrer.

A partir de ce moment, différentes missions militaires
furent envoyées dans le Sahara central pour contribuer à
l'étude d'un problème qui passionnait fort les africanistes,
l'établissement d'une ligne transsaharienne. Bon nombre
d'esprits éclairés estimaient que la création de cette voie
constituait le moyen de pénétration le plus puissant et
le plus économique de l'Afrique centrale. Un premier
voyage, accompli au début de 1880, avait permis à Flatters de reconnaître qu'aucune grosse difficulté technique
ne s'opposait à la réalisation de ce vaste projet. Le seul
obstacle, d'ordre stratégique, devait provenir de l'hostilité
irréductible des Touareg contre toute intrusion européenne,
hostilité devant laquelle il avait dû lui-même battre en retraite.

Au mois d'octobre de la même année, il est chargé de
s'assurer le concours des principaux chefs Amguid, Hoggar et Azdjer. Le départ eut lieu d'Ouargla, le 4 décembre.
Flatters avait pour auxiliaires le capitaine Masson, les in-
génieurs Béringer, Roche et Santin, le lieutenant de Dia-

nous, le docteur Guiard, les sous-officiers Dennéry et Pobéguin, 7 guides Chambâa et un marabout musulman de l'ordre de Tidjana; la caravane comptait en outre 92 hommes montés à méhara et 118 chameaux de transport. La mission suivit d'abord une route encore inconnue. « Cette voie traversait le territoire de trois des confédéra-

TOUAREG CHAMBAA

tions Touareg : les Azdjer à l'est, les Hoggar à l'ouest, les Kel-Owi ou Touareg de l'Aïr au sud. Les Hoggar, nos pires ennemis, avaient donné asile à plusieurs membres de la famille des Ouled-Sidi-Cheik chassés précédemment par nous du Sud-Qranais. »

« Le pays était stérile, montagneux et dépourvu d'eau; bon nombre des animaux affectés au service de l'expédition étaient morts. Puis Flatters commence bientôt à être

INTÉRIEUR D'UN KSAR

5

inquiet : depuis plusieurs jours des partis de cavaliers suivent à l'ouest une ligne parallèle à la direction prise par la mission. Le 16 février, la caravane comptait arriver à un puits, lorsque les guides prétendirent l'avoir laissé en arrière, un peu à droite. Ils proposèrent au colonel de faire déposer les bagages là même où l'on se trouvait et d'envoyer s'abreuver les chameaux qui reviendraient aussitôt, « l'eau, disaient-ils, se trouvant tout près de là »; ils engageaient même les membres de la mission à se rendre au puits. Oublieux de ses soupçons, aveuglé par une confiance inexplicable, quand la veille encore la vue de cavaliers inconnus lui semblait plus que suspecte, le colonel adhère à la proposition des guides; la garde du camp est confiée à de Dianous, Santin, Pobéguin, Marjolet et Brame.

« Tout à coup des cris sauvages se font entendre; bride abattue arrivent des cavaliers touareg armés jusqu'aux dents. Au même instant un des guides se rue traîtreusement sur M. Béringer, le tue d'un coup de sabre. Flatters voit dans quel piège infâme il est tombé. Il se jette avec le capitaine Masson sur les premiers ennemis, décharge sur eux son revolver, et tombe, comme l'ingénieur, frappé d'un coup de sabre; ses compagnons succombent après une lutte désespérée, pendant que les chameliers prennent la fuite. Cependant huit d'entre eux reviennent au camp où ils jettent l'alarme. Le lieutenant de Dianous, devenu chef de la mission par le massacre de ses camarades, se prépare à repousser une attaque certaine.

« Cependant quand il fut bien sûr de la mort de ses compagnons, quand il eut vu leurs montures aux mains de l'ennemi, le lieutenant commença la retraite, marche déplorable, en plein désert, avec la démoralisation qui suit nécessairement un pareil désastre. Le 27 février, un tirailleur est pris par les Touareg. Le 8 mars, cinq hommes sont envoyés à la recherche de vivres, ils sont assassinés sauf un seul. Le soir du même jour, on rencontre de nouveaux Touareg se disant amis. Ils jurent sur le Coran qu'ils n'ont pas pris part au massacre, et offrent de vendre des dattes. Les malheureux mourant de faim acceptent. Les dattes étaient empoisonnées.

« A Amguid se livre un combat qui dure huit heures et coûte la vie au lieutenant de Dianous et à 14 tirailleurs. La mission se trouve réduite à 34 hommes commandés par le maréchal des logis Pobéguin. Près d'être cernés, ils se réfugient dans une grotte et s'y barricadent. Dans la nuit du 11 au 12 mars, quatre hommes parviennent à en sortir et à gagner la piste d'Ouargla, où il arrivent tous sains et saufs le 1o mars. Une troupe de cavalerie fut aussitôt expédiée à la recherche des manquants. Elle ne recueillit que dix hommes exténués de fatigue, de misère et de faim; pas un seul n'était d'origine française. »

Le massacre de la colonne Flatters fut comme le signal de l'agitation qui troubla immédiatement après le sud de nos possessions algériennes et qui se manifesta à l'état aigu dans l'insurrection du marabout Bou-Amana et celle de Si-Sliman, chef des Ouled-Sidi-Cheick. Les expéditions des généraux de Gallifet et de Négrier réussirent à étouffer ce dangereux mouvement et à refouler dans le Maroc les débris des tribus soulevées; les forts Mac-Mahon, Miribel et Lallemand sont élevés en 1883 sur la route d'In-Salah à Goléa pour préserver nos territoires des incursions des pillards du Touat; enfin un corps de méharistes est formé pour atteindre l'ennemi en plein désert et châtier les maraudeurs; toutefois, le meurtre de Flatters ne put être immédiatement vengé.

Si les Touareg n'osent plus, à partir de ce moment, se risquer à l'intérieur des lignes de nos postes, ils semblent vouloir eux aussi fermer plus jalousement leur pays à notre pénétration. En quinze ans, le Sahara est le théâtre de drames sanglants dans lesquels officiers en mission ou explorateurs trouvent la mort. En 1886, le lieutenant Palat subit le sort de Flatters sur la route d'In-Salah. En 1891, Camille Douls pénètre au cœur du mystérieux pays par la côte occidentale du Maroc, seul, sans armes, avec deux caisses de marchandises. Il est fait esclave, enterré vivant

dans le sable, puis retiré vivant encore de sa brûlante
tombe pour mourir au milieu des supplices les plus raffi-
nés. En 1896, le marquis de Morès, entraîné par l'esprit
chevaleresque d'un autre âge, organise en Tripolitaine
une sérieuse expédition et prend la route du sud. A quelques jours du puits d'El Oualia il rencontre un parti d'une
quarantaine de Touareg qui le guettent depuis longtemps
et surprennent sa confiance par leurs protestations de dévouement : à court d'eau il accepte d'aller seul en leur
compagnie à la recherche d'un puits. On arrive, après mille
détours suspects, à la station d'eau ; soudain 5 des bandits
s'élancent sur le Français, le jettent bas de son cheval et
lui enlèvent sa carabine. Réduit pour toute arme à son
revolver, blessé d'un coup de yatagan, de Morès oppose
tout un jour à ses assassins une résistance désespérée, et
ne tombe qu'après en avoir abattu six de ses balles.

Mais le Sahara devait avoir son Faidherbe en la personne de M. Foureau. Grâce à lui le projet de Transsaha-
rien renaît à l'actualité. Cette voie semble s'imposer non
plus seulement comme moyen de pénétration, mais surtout comme moyen de domination et d'exploitation. L'heure
n'est-elle pas venue de relier entre eux ces deux grands
domaines de l'Afrique française qui forment de la Méditerranée au golfe de Guinée une chaîne qu'interrompt
seule l'absence d'un anneau : le Touat ?

MM. Foureau, Méry, d'Attanoux, Germain, Laperrine
se heurtent d'abord à une hostilité irréductible ou n'ob-
tiennent que d'illusoires promesses. Seules quelques tribus Chambâa, plus directement en contact avec nos derniers postes, viennent loyalement à nous. Toutefois les
routes du Tidikelt, du Touat et du Ghât sont reconnues.

M. Laferrière, gouverneur général de l'Algérie, jugeant
en 1899 le moment venu d'aller au-devant des missions
qui travaillent sur le Niger à l'expansion française dans
l'Afrique occidentale, confie, en l'absence de M. Foureau
parti depuis peu pour un long voyage vers le Tchad, à
M. Flamand, bien connu déjà des africanistes par ses fruc-
tueux voyages accomplis avant 1897 dans le Sahara Ora-

TOUGGOURT

naïs, le soin d'étudier les plateaux du Tadmaït et la dépression du Tiddikelt. Un goum de 100 cavaliers montés à méhara et de 40 autres indigènes commandés par le capitaine Pein, chef du poste d'Ouargla, doit assurer la sécurité et le ravitaillement de la mission. Un escadron de spahis sahariens est en outre chargé de maintenir ses communications avec nos derniers postes du sud.

Partie d'Ouargla le 28 novembre 1899, la colonne arrive sans encombre le 26 décembre, au premier ksar du Tidikelt où elle est fort bien accueillie. Mais la nouvelle de notre entrée dans le pays a volé de ksar en ksar : les chefs Badjouba, nos plus acharnés ennemis, recrutent à la hâte 1.200 guerriers et viennent attendre nos savants et nos soldats près d'Iguesten. La rencontre ne dura qu'un instant; furieusement chargés par les goumiers, les Touareg sont mis en pleine déroute. Avertis de l'engagement, les spahis viennent aussitôt renforcer la mission avec une rapidité qui fait honneur à leurs chefs.

Le capitaine Pein prend alors une virile décision : une des clefs de la région désignée sous le nom d'In-Salah est le Ksar-el-Kébir; c'en est l'un des marchés les plus fréquentés et aussi l'un des sanctuaires. Par une marche rapide, il arrive le soir même du combat d'Iguesten sous les murs du grand quadrilatère hérissé de créneaux triangulaires que dessinent les murailles du ksar; il les franchit sans coup férir, et la mission victorieuse fête gaîment le jour du premier de l'an 1900 à l'ombre des hauts dattiers du ksar.

Mais le 5 janvier, les éclaireurs signalent l'approche de nouveaux ennemis : ce sont les débris de la horde battue à Iguesten qu'ont renforcée les bandes venues de Sali et de l'Aoulef et qui, forte d'environ 2.000 hommes, compte bien prendre nos 250 braves dans la souricière où ils se sont enfermés. Accueillis par le feu meurtrier de nos armes dont la portée les confond, les Touareg hésitent un instant; une salve, qui jette bas une vingtaine des leurs, les détermine à prendre de nouveau le large. El-Hadj-el-Mahdi, chef des Badjouba que le sultan du Maroc a investi du titre de caïd

d'In-Salah, est ramassé blessé sur le champ de bataille par
nos spahis.

Quand il reçoit la nouvelle de l'occupation d'In-Salah le
ministère décide « qu'on y restera puisqu'on y est allé ».
Dès le 7 janvier deux colonnes s'acheminent rapidement
vers le sud : l'une part d'El Goléa sous les ordres du lieutenant-colonel d'Eu, qu'accompagne à la tête d'un bataillon du 1er régiment de tirailleurs le commandant Quiquan-

TIMMIMOUM

don, l'un des héros des guerres du Soudan; l'autre, forte
de 1.700 hommes, quitte Aïn-Sefra sous la direction du
colonel Bertrand. Elles doivent achever l'œuvre si bien
commencée par le capitaine Pein.

Celui-ci, en présence du peu de ressources qu'offre le
marché de Ksar-el-Kébir dont se sont détournés les indigènes, s'est porté avec une petite partie de ses hommes sur
le ksar d'In-Rhar, distant de 50 kilomètres environ; il en
a pris également possession.

Les chefs militaires et religieux du sud battent le rappel
de tous côtés : les ksours s'arment; une véritable armée
de barbares se porte sur In-Rhar. Pour ne point s'y faire

isoler du reste des siens, le capitaine Pein se replie en toute hâte sur le Ksar-el-Kébir.

La situation commençait à devenir inquiétante quand, dans les premiers jours de mars, le colonel d'Eu apparait avec sa colonne et, le 19, il marche sur In-Rhar dont les ksouriens ont fait leur centre de ralliement et d'approvisionnements. Ils y opposent une résistance acharnée : débusqués de leurs lignes extérieures, ils se retirent dans la kasbah et dans les mosquées qu'ils ont soigneusement fortifiées. L'assaut de ces derniers retranchements est préparé par l'artillerie dont les obus tombent avec une surprenante précision; puis tirailleurs et soldats du bataillon d'Afrique se précipitent à la baïonnette dans les ruelles dont il leur faut emporter les maisons l'une après l'autre. A trois heures du soir, le drapeau français flottait sur la kasbah; le reste de l'armée targui, poursuivi par notre cavalerie, fuyait de ksar en ksar.

L'occupation d'Igli et Timmimoun, qui ouvraient leurs portes sans résistance à la colonne dirigée par le colonel Bertrand, complétait en avril la conquête du Touat dont la pacification définitive n'est plus qu'une affaire de simple police, si l'on sait user de prudence et de fermeté à l'égard des tribus marocaines du sud dont l'oasis de Figuig est l'arsenal et le dernier repaire.

CHAPITRE IV

Dans l'Afrique occidentale

1880-1888

Avant de raconter l'œuvre des Français qui, épée ou rameau d'olivier à la main, ont mené en cette fin de siècle l'œuvre gigantesque de la conquête de l'Afrique occidentale, il n'est pas sans intérêt d'esquisser à grands traits notre cadastre africain tel qu'il était à la veille de ce grand effort de pénétration.

Au nord, nous possédions l'Algérie et la Tunisie, dont les frontières méridionales étaient aussi indécises que la connaissance géographique elle-même de ce mystérieux Sahara dont nous avions commencé cependant à jalonner, par l'établissement de forts perdus en plein désert, les quelques voies commerciales vaguement indiquées par les caravaniers m'zabites. Au lendemain de la campagne de 1881, si vaillamment conduite par le général de Négrier dans la région des Ksours, trois pistes sont amorcées vers le Sud : à l'est, celle de Constantine à Touggourt par Biskra; au centre celle d'Alger vers Ouargla par Laghouat et Gardaïa; à l'ouest enfin la route d'Oran vers le Touat par Saïda, Géryville et Aïn-Sefra. Au delà, c'est le redoutable inconnu dans lequel vaguent les féroces Touareg, indomptables écumeurs de l'océan de sable.

A l'ouest, aucune limite naturelle n'arrêtait davantage l'extension de nos possessions sénégalaises. Point de haut massif qui séparât par des crêtes infranchissables la val-

lée du Sénégal de celle du Niger. Paul Soleillet, Raf-
fenel, Pascal, Lambert, montraient la grande voie fluviale
qui court à travers l'immensité soudanaise et qui semblait
nous inviter à la suivre par delà même la Timbouktou de
Caillié. De ce côté aussi le seul obstacle pouvait provenir
de la barbarie représentée : par le fils d'El-Hadj-Omar, le
vaincu de Médine, le roi des Toucouleurs Ahmadou et par
ses grands vassaux du Macina et du Bourgou — par les
Malinkés de Samory,
le féroce marchand
d'esclaves — par les
Senoufos dont le roi
Tiéba s'efforçait de ré-
veiller l'énergie par sa
bravoure personnelle
et son ondoyante di-
plomatie — par les
Almamys du Fouta
Djallon — enfin par les
potentats maures ou
nègres des pays de la
boucle du Niger(Mossi,
Gourounsi, Liptako,
etc.).

TYPE PEUHL DU SÉNÉGAL

Au sud, nous possé-
dions toujours nos
vieux établissements des Rivières du Sud; sur la côte de
Guinée, sur la côte de l'Or et celle de l'Ivoire des roitelets
voisins de nos comptoirs d'Assinie, de Grand-Bassam, de
Dabou s'étaient mis sous notre protection dès 1843. Sur la
côte du Bénin, notre poste de Vyddah, créé en 1671, restait
le seul de ceux que les Européens avaient jadis fondés dans
cette insalubre région. En 1851, Guézo, roi du Dahomey,
nous avait confirmés dans l'intégrité de notre possession,
et, en 1857, nous fondions Grand-Popo ; en 1863, Sodji, dy-
naste de Porto-Novo, s'était placé sous notre protectorat.
Mais les voies de pénétration par le sud semblaient plus
fermées; la nature nous opposait un climat meurtrier, un

relief couvert d'une brousse inextricable ou de futaies impénétrables abritant des populations intelligentes quoique belliqueuses, ou pacifiques... quoique anthropophages.

Enfin, plus au sud encore, sous l'Equateur même, un chef gabonais, Denis, avait donné, en 1839, au commandant Bouët-Villaumetz un coin de son territoire : dix ans plus tard nous y fondions Libreville et nous y installions des esclaves arrachés aux marchands de chair noire; un drapeau tricolore y était planté; tout esclave qui pouvait venir en toucher la hampe devenait libre et citoyen de la colonie du Gabon.

En 1880, explorateurs et soldats franchissent en même temps les portes africaines du nord, de l'ouest et du sud et se jettent sur ces routes mystérieuses du continent noir que doivent parcourir jusqu'au bout, héros heureux de la jeune épopée française, Gallieni, Borgnis-Desbordes, Combes, Frey, Archinard, de Trentinian, Binger, Monteil, Hourst, Dodds, Mizon, de Brazza, Maistre, Liotard, Marchand, Foureau, et sur lesquelles doivent tomber, héroïques victimes, Palat, Flatters, Bonnier, Crampel, de Béhagle, Lamy..., pour ne citer que les plus célèbres.

C'est vers le Soudan que se porta d'abord notre action la plus vigoureuse. En faveur de cette tactique militaient deux raisons principales; aussi fertile, aussi riche que le Sahara est stérile et pauvre, le Soudan devait pouvoir compenser plus rapidement par son énergie économique les sacrifices qu'exigerait sa conquête. D'autre part, il fallait couper au plus tôt à nos rivaux l'accès du Haut-Niger pour nous assurer la possession exclusive de cette grande route de l'Afrique intérieure.

Le gouvernement adopte, sur la proposition de Brière-de-l'Isle, un plan d'action aussi hardi qu'habile; il se propose de relier par une voie ferrée le Sénégal au Niger. Au capitaine Gallieni est confiée, à la fin de 1879, la mission d'en étudier le tracé. Cet officier connaissait personnellement à fond, pour l'avoir déjà parcourue, la région comprise entre Médine et Bafoulabé. Il s'était pénétré des rapports des principaux explorateurs du Niger qui convenaient que ce grand fleuve n'est pratiquement navigable qu'à partir de Bammako; il conçoit dès lors *a priori* l'hypothèse d'une ligne reliant ces deux points extrêmes. Il part de Saint-Louis, le 30 janvier 1880, accompagné de M. Piétri, du lieutenant Vallière, du docteur Tautin et du docteur Bayol qui devra rester à Bammako en qualité de résident; 30 tirailleurs, 100 laptots et une centaine d'âniers constituent l'effectif de l'expédition qui opère sa concentration à Bakel. Trois mois après son départ, le capitaine arrivait à Bafoulabé; sans perdre un jour, il continuait sa marche vers l'est.

Deux confédérations hostiles entre elles se partageaient le pays, situé entre Bafoulabé et Bammako. La première avec laquelle nous devions entrer en rapport était celle des Malinkés, comprise entre le Bakoy et la Baoulé, dont le chef Tokonta, roi du Fouladougou, résidait à Kita, gros marché placé à mi-route des deux points extrêmes du voyage; l'autre confédération, celle de Toucouleurs, peuplait de ses nombreuses tribus la rive gauche du Niger; Ahmadou-ben-El-Hadj Omar en était le chef, Ségou la capitale et Bammako un des centres principaux.

Détachant sur sa gauche M. Piétri à la reconnaissance du bassin de la Baoulé et à sa droite le lieutenant Vallière à celle du cours supérieur du Bakoy, le chef de la mission poursuit sa route jusqu'à Kita où il arrive le 20 avril. Là, il lui faut user de toute sa diplomatie pour amener à composition le vieux Tokonta qui repousse notre alliance de peur de s'attirer la haine des Toucouleurs, mais qui l'accepterait volontiers pour mettre à la raison certains bandits, ses sujets, qui le pillent au lieu de le payer. Il suffit de le menacer de faire alliance avec tous ses ennemis pour le décider à placer ses états sous notre protectorat. On part de Kita et l'on entre à Koundou, en pays Toucouleur, après avoir repoussé une attaque de bandits de Goubanko.

A partir de Koundou commence à se dessiner le mau-

vais vouloir des chefs bambaras du Béledougou; le 7 mai,
le docteur Taulin qui commande l'arrière-garde est envi-
ronné de bandes hurlantes qui veulent piller ses bagages.
Une rapide marche de nuit, effectuée au milieu de fourrés
dans lesquels on entend à chaque instant passer des partis
indigènes, ne réussit point à mettre la colonne à l'abri de
tout danger. Elle n'était plus, le 11 mai, qu'à deux jours
de marche de Bammako et cheminait en file indienne,

FEMMES DU BAMBOUK

sur près d'un kilomètre de long, pour gagner le village de Dio, quand soudain crépite dans la brousse une
fusillade nourrie; ce sont les Bambaras qui, embusqués
derrière arbres et buissons, couvrent le sentier de leurs
balles. Les 20 tirailleurs du capitaine ripostent bravement
et permettent aux âniers de se défiler jusqu'aux ruines d'un
tata où ils viennent à leur tour se mettre à l'abri. Enhardi
par la faiblesse de l'escorte, l'ennemi se jette en terrain
découvert à l'assaut de la bicoque; éclaircis par des
feux de salve tirés à bout portant, leurs rangs sont
mis en déroute par une charge intrépide à la baïon-

nette. Toute la nuit un ouragan terrible fit rage et
tint les barbares tapis sous les buissons; Gallieni en profita
pour plier bagages et forcer de vitesse sur Bammako. Il
y arrivait le 12 au soir et y trouvait les lieutenants Piétri
et Vallière usant toute leur diplomatie à circonvenir les
chefs. Le premier de ces officiers avait reconnu sans encombre le pays de la Baoulé; le second avait remonté le
Bakoy jusqu'à Niagassola où l'approche de l'almany Samory avait jeté l'effroi; les habitants s'attendaient à voir
d'un instant à l'autre cet impitoyable ravageur franchir
le Niger et piller leurs domaines.

Mais Ahmadou, à qui le capitaine Gallieni avait surtout
affaire, n'était plus à Bammako; il résidait en ce moment
à Ségou. On quitte sans retard ce premier village où l'attitude des chefs semble peu rassurante, et on passe le Niger:
inspiration heureuse, le lendemain en effet les Bambaras
arrivaient en force à Bammako espérant bien y venger les
pertes cruelles qu'ils avaient subies à Dio. La chose eût
été facile, car l'expédition se trouvait dans un état peu fait
pour imposer le respect : les cadeaux destinés à Ahmadou
eux-mêmes avaient disparu. Le roi de Ségou, bien informé
par ses espions, ordonne à la mission de s'arrêter, sous
menaces de mort. Pour ne pas compromettre les dernières
chances de succès qui lui restent, le capitaine fait halte et
propose à Ahmadou d'aller seul s'entretenir avec lui de
la question pacifique qui amène les Français en son pays :
nouveau refus. Pendant six mois, Gallieni reste surveillé
de près par de gros contingents indigènes qui semblent
attendre l'ordre d'exterminer les Européens, en réalité,
prisonnier d'Ahmadou.

Mais, en mars, une grave nouvelle arrive en même temps
à Gallieni et au sultan : une expédition française forte
de 425 combattants, traînant avec elle une batterie d'artillerie, a quitté le Sénégal sous le commandement du lieutenant-colonel Borgnis-Desbordes; elle s'avance triompha-
lement sur la route frayée par la mission Gallieni; elle a
laissé derrière elle un fort à Bafoulabé, ce qui indique bien
son intention de ne pas quitter de sitôt le pays; puis les han-

dits de Goubanko ont été châtiés, décimés dans leurs tatas,
éventrés par nos obus; le colonel a occupé Kita, et y construit un fort que doivent défendre 135 hommes et 4 canons;
des vivres, des munitions sont entassés en abondance dans
cette place, future base de nos opérations au Soudan. Ahmadou comprend que l'heure est venue de se montrer moins
arrogant et il envoie au capitaine Gallieni un de ses ministres pour passer un traité avec lui. Ce traité nous assurait
l'amitié provisoire avec Sa Majesté maure.

La mission du capitaine Gallieni est comme la préface
de l'œuvre que vont accomplir pendant dix années con-
sécutives les colonnes françaises qui succéderont à la première colonne Borgnis-Desbordes : celles-ci, à chaque printemps, quitteront Médine ou Kita pour faire à travers le
Soudan ces laborieuses trouées par lesquelles s'infiltrera
notre domination; ces expéditions ne dépasseront jamais
un effectif de 800 hommes. Cependant elles sauront, à force
de vaillance, toujours demeurer victorieuses et, jusqu'au
succès final, tirer parti de chaque victoire à force de méthode et de persévérance.

L'épidémie de fièvre jaune qui sévissait à Saint-Louis re-
tarda notre action. En revanche, la campagne de 1882 commença de bonne heure; elle devait nous mettre pour la
première fois aux prises avec Samory.

Né, vers 1835, à Bissandougou, grosse ville du sud du
Niger, Samory était fils d'un pauvre marchand markas et
d'une femme esclave. Dans une des nombreuses guerres
qui divisaient les petits chefs du pays, il fut pris avec sa
famille et emmené en captivité. Mais il put s'enfuir et se
réfugier chez un puissant marabout, Sori Ibrahim, qui le
prit en affection et lui enseigna à lire et à écrire l'arabe.
Mais bientôt il abuse de l'influence qu'il a prise dans la
maison du marabout, se brouille avec lui et retourne à
Bissandougou, sa ville natale. Il était riche; il devient vite
un des hommes les plus importants du village et s'en fait
nommer chef. Il est bientôt en guerre avec tous ses voisins;
il attaque même et tue son ancien bienfaiteur Ibrahim; il

s'empare de ses Etats et prend le titre de commandeur des croyants.

Féroce sans bravoure personnelle, ambitieux par avarice et sans largeur d'idées, incapable de s'imposer autrement que par la terreur, ce potentat ne considérait dans la conquête que l'exploitation brutale et sanguinaire des races qu'il asservissait; sa route formait une traînée sanglante : aux vaincus il prenait d'abord leur or pour payer les factures d'armes et de munitions que des traitants belges, anglais et allemands lui faisaient venir par Libéria de Liège et de Spandau. Puis les habitants des villages étaient traités en raison de la résistance qu'ils avaient opposée. Quelques-uns préféraient s'ensevelir sous les ruines fumantes de leurs paillottes; le plus grand nombre s'enrôlaient en qualité de sofas dans les rangs de l'almany. L'état-major de l'émir se composait de ses fils, qui partageaient à son endroit le respect apeuré du dernier des sofas; deux ou trois immondes griots, sortes de devins fanatiques, l'assistaient de leurs conseils; l'un d'eux, Diali-Amara, dépassait son maître en ruse et en férocité.

En 1880, Samory avait repris sa marche le long du Niger; il songeait déjà à s'accroître aux dépens d'Ahmadou et quelques-unes de ses bandes avaient poussé une pointe jusque sur le Bakoy. Quand notre colonne de 1882 atteignit Niagassola, la ville était dans les transes; car Samory, fort occupé au siège de Kéniéra, gros bourg situé sur la rive droite du Niger, avait annoncé son intention de franchir bientôt le fleuve et de marcher vers l'ouest. L'officier qui commandait notre avant-garde essaya de détourner l'almany de Kéniéra: il lui envoya un sous-lieutenant indigène pour l'inviter à épargner les horreurs du sac aux gens de la ville. Cette intervention n'eut d'autre résultat que d'exaspérer l'émir qui maltraita le sous-lieutenant et le fit enfermer en attendant son supplice. Celui-ci parvint à s'échapper et à regagner le corps du colonel Desbordes.

Notre prestige était à jamais compromis au Soudan si nous ne relevions l'insulte faite à notre envoyé. Borgnis-Desbordes part de Kita le 16 février à la tête de 220 com-

SAMORY

battants, et, après une marche de dix jours, arrive en vue de Keniéra. « On aperçut alors l'ennemi retiré dans les *sagnés* (sorte de redoutes) d'un immense camp retranché au centre duquel se trouvait la malheureuse ville assiégée.

« Après avoir enlevé le sagné du nord, nos troupes marchèrent sur celui du sud où devait se trouver l'émir avec ses femmes et ses serviteurs; mais celui-ci n'avait pas osé

CHEFS DE KENIÉRA

attendre le chef blanc et s'était enfui honteusement. En occupant le sagné, on s'aperçut alors que Kéniéra était vide; depuis cinq jours la ville s'était rendue et les habitants avaient été tués ou dispersés. »

Le colonel Desbordes emploie la campagne de 1883 à dégager complètement la route de Kita à Bammako, puis il élève à Bammako un fort identique à celui de Kita.

Les travaux tirant à leur fin, l'expédition se préparait à rentrer à Médine quand arrive un des nombreux espions

de l'admirable service de renseignements organisé par le
colonel Desbordes. L'homme annonce que Samory, altéré
de vengeance, a confié 4.000 sofas armés de fusils à tir
rapide à son lieutenant Fabou et que l'ennemi s'avance sur
la route de Kita à Bammako. Le colonel laisse 150 hommes
à la garde du nouveau fort, s'élance au-devant de Fabou
avec les 400 qui lui restent et rencontre l'ennemi au mari-

TIRAILLEUR BAMBARA (Coloune Archinard 1893)

got d'Ouéya. La bataille dura trois jours. Soutenus par
la section d'artillerie, nos vaillants tirailleurs demeurent
inébranlables aux assauts répétés des sofas; à la suite d'un
corps à corps qui ne dure pas moins de neuf heures, ils
dispersent les bandes de l'almamy, pourchassent au pas
de course ses cavaliers et en abattent un grand nombre à
coups de baïonnettes. C'était d'ailleurs la seule façon dont
ils pussent se servir de leurs fusils; il ne leur restait pas

une cartouche à glisser dans les canons! Fabou essaya à deux reprises de réparer son échec; le peu de sofas qu'il ramena dans le sud dût donner sérieusement à réfléchir à Samory.

L'année suivante, le lieutenant-colonel Boilève oblige par un habile déploiement de forces Samory et Ahmadou à s'éloigner de notre ligne d'opérations Kita-Bammako.

En somme, bonne besogne avait été faite au cours des trois premières campagnes : les communications entre le Sénégal et le Niger se trouvaient établies et protégées par une série de forts; nos alliés achevaient une route carrossable; le télégraphe reliait Saint-Louis à Bammako; les terrassements de la ligne ferrée étaient en bonne voie sur la section Kayes-Bafoulabé.

Le commandement du Haut-fleuve est confié en 1884-1885 au lieutenant-colonel Combes. Informé que les bandes de Samory se sont retirées dans le sud et que l'émir lui-même semble vouloir établir à demeure sur la rive droite du fleuve sa cohue de 100.000 nomades, le commandant estime que l'heure est venue d'élargir le simple couloir qui mène de Kita à Bammako. Il va fonder à Niagassola un fort qui complète dans le sud le quadrilatère dont Kita, Koundou et Bammako forment respectivement les angles ouest, nord et est. Cette opération, rapidement menée, est complétée par l'établissement d'un petit poste à Nafadié, à mi-route entre Niagassola et le Niger, et on y laisse le capitaine Louvel avec sa compagnie de tirailleurs. La campagne paraît terminée, quand on apprend soudain, dans les derniers jours de mai, que Samory a rebroussé chemin subitement et qu'il bloque avec une élite de 5.000 sofas le fortin de Nafadié.

Cet épisode du siège de Nafadié mérite d'être cité comme l'un des plus beaux de notre histoire du Soudan. Le capitaine Louvel, dès qu'il a eu connaissance du mouvement de l'almamy, s'est jeté au-devant des barbares pour protéger un chef allié, le vieux Nandamaka. Persuadé que sa dernière heure était venue, le bonhomme n'avait même

pas fermé les portes de son tata pour se soustraire à son
sort ! Aussi n'avait-on trouvé que quelques morceaux du
pauvre monarque. Les renseignements parvenus au capitaine ne lui laissent pas ignorer que sa poignée d'hommes
va se heurter à une bande de 3.000 vieux sofas. Il n'hésite

LE KOMMODO

pas cependant un seul instant à venger notre allié et
s'avance sur le gros de l'armée sofa qui a pris position
sur la route qui ramène à Nafadié. Cette route traversait
la plaine du Kommodo et rentrait sous bois pour tourner
la crémaillère que formait un promontoire dans le lit vaseux de la rivière. De la lisière du bois au fleuve elle s'en-

gageait au fond d'une gorge, véritable traquenard où nous attendait avec 3.000 hommes le frère cadet de Samory, Malinkamory. Le capitaine fait former le carré à ses 120 tirailleurs et le sous-lieutenant indigène Suleyman prend l'avantgarde avec 10 hommes. « Ceux-ci, l'œil aux aguets, le fusil armé, s'avancent sans bruit, se glissant d'un buisson a l'autre et arrivent au débouché de la rivière, tandis que derrière l'écran de verdure de la rive les sofas se pendent aux naseaux de leurs chevaux pour les empêcher de hennir et que les fantassins, étendus immobiles derrière leurs créneaux de feuillages, choisissent, le doigt sur la détente, le tirailleur qu'ils vont abattre... Un son aigu parti d'une trompe déchire l'air, il est répété par vingt autres et immédiatement suivi d'une effroyable fusillade. Un épais nuage de fumée, au milieu duquel disparaissent tirailleurs, sofas, les arbres eux-mêmes, cache le théâtre de la mêlée d'un voile épais rayé à de courts intervalles par la lueur rouge des coups de feu. Le hululement étrange des guerriers de Samory, poussé par des milliers de poitrines, se mêle en un infernal vacarme au bruit des détonations et au hurlement de guerre des tirailleurs, grondement inhumain que dominent par moment les accords dissonants d'une musique endiablée. »

Une partie de la colonne, pour dégager l'avant-garde, se porte rapidement sur le flanc de l'ennemi; la petite pièce de 4 qui l'accompagne vient au grand trot se mettre en batterie de façon à prendre en enfilade la réserve des sofas dont la présence est décelée dans le lit vaseux de la rivière par les rumeurs qui montent des herbes. Le canon tire à mitraille dans le tas, ensevelissant morts et blessés dans la fange, sous les grands roseaux et les branchages fauchés par les projectiles. L'ennemi se découvre alors et essaie d'envelopper nos tirailleurs; ceux-ci mettent baïonnette au canon et, dans une charge furieuse, se font une trouée jusqu'au coude de la rivière. « Là, raconte le capitaine Péroz, un des héros des guerres du Soudan, un spectacle étrange s'offre aux yeux des premiers arrivants : dans le coude du Kommodo, enfoncés dans la vase jusqu'au ventre, ne prenant aucune part aux émotions de la lutte et occupés seulement à jouer de leurs instruments, se tenaient une centaine de musiciens vêtus de sarraux curieusement bariolés et coiffés de bonnets indescriptibles, soufflant dans des cornets, des flûtes, des fifres, des sifflets qu'accompagnaient des tams-tams, des triangles des guitares, des xylophones, le tout manié avec rage et remplissant le ravin d'une puissante cacophonie bien faite pour donner la réplique aux hurlements de guerre et aux cris de douleur des mourants et des blessés. En avant, dans une immobilité de statue, les bras croisés, un large manteau de peau de guépard jeté sur les épaules, la taille ceinte de l'écharpe rouge, insigne de sa valeur, se dressait le chef d'orchestre, superbe sous son haut casque de cauris. A ses côtés un adolescent élevait fièrement la hampe d'une longue flamme déchiquetée par la mitraille, symbole autrefois de victoire certaine; car partout où Samory l'avait déployée, au son du terrifiant orchestre, les peuples s'étaient enfuis éperdus, n'osant tourner la tête. Mais cette grandiose apparition s'abîma presque aussitôt sous une implacable tempête de feu, et bientôt quelques instruments surnageant sur l'eau demeurèrent les seuls témoins propres à rappeler cette héroïque vision. »

On arrive enfin à l'endroit où l'avant-garde a été assaillie : il n'y reste plus que trois tirailleurs mortellement blessés; le sous-lieutenant Suleyman s'est dégagé à la baïonnette et s'est jeté avec ses 7 hommes à la poursuite de l'ennemi. Cerné de toutes parts par les sofas qui se sont enfin aperçus du petit nombre des poursuivants, il va succomber quand nos tirailleurs le rejoignent : on l'aperçoit déchargeant méthodiquement son revolver qui fait mouche à chaque coup.

L'autre partie de la colonne, qui s'est portée sur la droite, réussit après un corps à corps acharné à rejeter dans la rivière un gros parti sofa que n'a point démoralisé le tir à mitraille du canon. Toute l'armée de Malinkamory patauge dans la vase que fouaillent les salves continues de nos hommes; chaque balle fait sa trouée. « Un caporal de tirail-

leurs, avisant une maîtresse racine faisant saillie sur la
rive, s'y était commodément assis, les jambes pendantes, ses
pieds touchant presque la tête des fantassins noirs qui se
débattaient dans la boue. Après avoir tiré sa pipe de sa
musette, battu le briquet, et consciencieusement allumé sa

CHEFS TOUCOULEURS

bouffarde, il abattit 16 hommes de ses 16 dernières cartouches, se donnant à la fois les joies d'un repos bien mérité
et d'un tiré vraiment royal. » Quelques boîtes à mitraille
achèvent de débander l'armée sofa qui fuit de tous côtés.
Le soir, trois cents guerriers de l'émir restaient entassés
dans le Kommodo; la brousse en cachait une centaine; près
de 800 blessés hurlaient sur le champ de bataille. La moi-

tié de l'armée de Malinkamory était anéantie par nos
120 tirailleurs qui trouent les lignes d'investissement de
Nafadié pour rentrer dans le fort ».

La situation n'en devient pas moins bientôt terrible dans
la place. On venait d'ouvrir la dernière des caisses de car-

GUERRIER INDIGÈNE

touches et chaque homme n'avait que quarante coups à
tirer. L'eau aussi allait manquer. Heureusement survint un
effroyable orage. « Le capitaine fait aussitôt boucher tous
les déversoirs du tata et calfater les portes de façon que la
petite cour serve de cuvette à l'ondée. L'eau y est retenue
en effet; mais quelle eau! un liquide jaunâtre qu'ont em-
puanti les déjections de 200 hommes et des mulets. Pen-

dant dix jours, la petite garnison reste bloquée par plus
de 6.000 sofas, repoussant nuit et jour leurs assauts, sans
sommeil, n'ayant d'autre breuvage que l'eau empestée des
bidons, d'autre nourriture journalière qu'une pincée de manioc. Enfin, le 10 juin, on entend au loin le grondement
du canon : c'est l'artillerie de la colonne Combes qui arrive à la délivrance du fort ».

Le colonel, en apprenant le blocus de Nafadié, était parti
avec 15 spahis, 21 tirailleurs et 2 petites pièces. En route,
une trentaine d'hommes étaient venus se joindre à lui. Se
glissant à travers la brousse, déjouant les espions de Samory, il avait pu se faire au milieu des sofas une sanglante
trouée et donner la main aux défenseurs de Nafadié. La
retraite sur Niagassola fut un combat continu. « Le 14, la
colonne serrée de près par les sofas trouva le chemin barré
devant elle par la rivière Kokoro que gardait le corps de
Fabou solidement retranché. L'artillerie couvre les positions ennemies de ses obus à balles; le lieutenant Péroz
dans un élan furieux franchit le gué avec 35 tirailleurs, dé-
fonce les palissades derrière lesquelles s'abritent les Malinkés et les précipite dans la rivière. Le passage est frayé;
la colonne victorieuse s'y engage, et à 2 heures, l'arme sur
l'épaule, marchant au pas cadencé, clairon sonnant, elle
fait son entrée au fort de Niagassola ».

Samory s'est retiré à Siguiri; il s'emploie avec une rare
activité à réparer ses pertes en pressurant odieusement
le pays qui lui fournit 20.000 nouveaux sofas : il les jette
dans la vallée du Bakoy. Espérant submerger sous cette
cohue nos postes avancés, il les attaque les uns après les
autres. Le village de Niagassola est incendié pour attirer
dehors la garnison; mais celle-ci se contente d'abattre ceux
des sofas qui ont la hardiesse de venir à portée des fusils.
Le sac du pays s'étend jusqu'à Kita; la brousse est em-
puantie par les cadavres; chaque buisson cache le sien.
Le colonel Combes fait des prodiges pour préserver nos
forts; en deux mois, il livre 6 batailles rangées et 27 combats, déroutant l'ennemi par la rapidité de ses coups, faisant des miracles pour ravitailler sa petite colonne. Cette

deuxième campagne de 1885 coûta à l'almany 2.500 hommes et 400 chevaux. Découragé et cependant intraitable,
Samory vint passer l'hiver entre Niagassola et Siguiri.

La campagne de 1886 allait être une des plus laborieuses
de la conquête. Le colonel Frey, qui a remplacé le colonel
Combes, doit faire face à deux dangers : il lui faut d'une
part dégager le Haut fleuve de la présence de Samory;
d'autre part éteindre un foyer de révolte que vient d'allu-
mer sur le cours moyen du fleuve le prophète sarakollé
Mahmadou-Lamine. Samory essuie nos premiers coups; il
est obligé de traiter et de livrer comme otage son jeune
fils Karamoko.

La révolte de Mahmadou-Lamine fut autrement plus difficile à écraser. « Ce prophète était né aux environs de
Bakel; à l'âge de vingt ans, il partit pour la Mecque et
resta absent pendant trente années au cours desquelles il
vécut, paraît-il, à Constantinople. Comme il revenait vers
le Sénégal, annonçant ses projets de fondation d'un empire
sarakollé, Ahmadou le retint prisonnier pendant six années
à Ségou; Lamine ne put s'échapper qu'en 1885. De retour
dans son pays, il se mit à quêter partout des partisans. » Jusqu'à Bafoulabé sa propagande n'eut qu'un succès de rire.

Mais dans le pays musulman de Bakel, il recrute de plus
nombreux fidèles, se met en campagne et massacre
une petite colonne partie de Kayes sous les ordres du
capitaine Joly. Le danger prend bientôt des proportions
inquiétantes. Le marabout, à la tête de 10.000 musulmans,
se jette sur Bakel et brûle la ville. Heureusement le fort
tint bon et quoique Lamine eût dit à ses soldats qu'Allah
empêcherait nos canons de parler, ceux-ci se montrèrent
particulièrement bavards. Au premier choc, 300 Sarakollés
restèrent au pied des remparts.

La ville était toujours bloquée à distance quand le commandant supérieur, crevant ses chevaux sur la route,
arrive à Kayes. Electrisant ses hommes, qui ont en 4 mois
déjà parcouru 1.200 kilomètres, il leur a fait, pendant trois

semaines, franchir chaque jour des distances de 50 kilomètres par 45° de chaleur. L'armée de Mahmadou écrasée
en détail est dispersée; le prophète lui-même manque d'être
pris à Kidira et laisse aux mains de nos tirailleurs ses
femmes, ses trésors et sa provision de 300 Corans.

L'année suivante le lieutenant-colonel Gallieni succède
au colonel Frey et décide d'en finir une bonne fois avec
Mahmadou-Lamine. Le 8 décembre 1887, le prophète était
tranquillement dans son tata de Touba-Kouta, quand nos
soldats se présentent devant la porte. Grâce à une résistance opiniâtre de ses fidèles, il réussit à s'échapper; mais ce
n'est qu'un répit : nos auxiliaires indigènes se jettent à sa
poursuite, le rejoignent près de l'île Mac-Carthy, sur les
confins de la Gambie, le traquent comme un lièvre, le ramassent épuisé, lui coupent la tête, la mettent dans un sac
de sel et l'envoient au colonel.

Pendant ce temps le capitaine Péroz envoyé de nouveau
chez Samory, en obtenait la signature d'un nouveau traité.
L'almamy dûment renseigné sur le nombre des soldats
français « plus nombreux que les étoiles du ciel » par le
jeune Karomoko qu'on avait amené à Paris à la revue
du 14 juillet, consentait à nous abandonner définitivement
la rive gauche du Niger. De son côté Ahmadou, peu rassuré
par le voisinage de nos colonnes, plaçait ses états sous
notre protectorat.

Le colonel Gallieni donne à l'œuvre de pacification et
d'organisation les mêmes soins éclairés. Les deux plus puissants facteurs de colonisation sont pour lui le chemin de
fer et l'école. Bientôt les wagons circulent de Kayes à Bafoulabé, sur une section de 210 kilomètres. Puis secondé
par l'Alliance française, qui met à sa disposition de l'argent
et du matériel, le colonel fonde des écoles à Bakel,
Kayes, Bafoulabé, Badoumbé, Kita, Niagassola, Siguiri,
Koundou, Bammako. A de dévoués sous-officiers incombe
la mission d'apprendre aux enfants à parler notre langue,
à se rendre un compte exact de l'œuvre de bonté et de justice que la France est venue entreprendre dans leurs pays.

Les écoliers de Kayes, recrutés parmi les fils de chefs, montrèrent les plus heureuses dispositions; nos écoles soudanaises comptaient dès 1887 un peu plus de 400 élèves.

L'œuvre militaire marche parallèlement à l'œuvre pacifique : des forts sont bâtis dans la région de Siguiri pour

BINGER

contenir un retour offensif de Samory; le capitaine Audéoud est envoyé dans le Fouta-Djalon pour calmer l'agitation inquiétante des almamys; puis, en compagnie du lieutenant Quiquandon, il va reconnaître le Bélédougou et rapporte de précieux renseignements sur les ressources insoupçonnées que peut, le cas échéant, se procurer dans cette région le sultan Ahmadou dont l'amitié semble devenir chaque jour plus fragile.

Une expédition est également organisée, en 1887, pour

étudier le régime commercial et politique des pays du Niger jusqu'à Timbouktou. Dans les premiers mois de cette année on réussit à transporter sur le Niger, en dessous de Bammako, une canonnière démontable *le Niger* à bord de laquelle le commandant Caron fait flotter les couleurs françaises sous les murs de Ségou, traverse les états du Macina et, le 16 août 1887, stoppe en vue de Kabara.

Le pays de Timbouktou avait bien changé depuis le voyage mémorable de Caillié. Les Touareg y avaient fait leur apparition, jetant dans la misère la riche confrérie de marchands dont les caravanes remontaient naguère jusqu'à Tripoli : sous la domination de ces barbares, la population de la ville avait diminué de moitié. Quand le commandant Caron voulut débarquer, les Touareg se massèrent en armes sur le rivage. « On leur avait dit que la canonnière française se rendait chez eux avec de mauvaises intentions et qu'elle renfermait dans ses soutes des briques et de la chaux pour construire un fort. » Si elle ne contenait point de ces matériaux, elle ne contenait guère plus de combustible; aussi, après avoir relevé avec mille précautions la topographie du pays, le commandant Caron dût-il donner l'ordre du retour.

Mais parmi toutes les missions qui partirent en ce temps-là de France et de Saint-Louis pour étendre nos connaissances géographiques du Soudan, la plus audacieuse et la plus fertile en résultats fut celle du lieutenant Binger.

Engagé volontaire à dix-huit ans, élève de Saint-Maixent, sous-lieutenant d'infanterie de marine en 1880, Binger arrivait au Sénégal l'année suivante; puis, après un court séjour en France, en qualité d'officier d'ordonnance de Faidherbe, il repartait aussitôt pour l'Afrique, avec la mission d'aller reconnaître l'immense territoire de la boucle du Niger circonscrit au nord-ouest par l'itinéraire du Français René Caillié et au nord-est par celui de l'illustre voyageur allemand Henri Barth.

Binger part de Kayes avec son domestique Diawé, neuf nègres et onze bourriquots; pour toutes armes, deux fusils

Gras, un fusil de chasse et un revolver. Arrivé à Bammako il hésite s'il ira d'abord rendre visite à Ahmadou ou à notre excellent ami Samory. Il se décide en faveur de ce dernier. En route, il apprend que Samory est parti en guerre contre son voisin Tiéba et que ce dernier met la plus mauvaise grâce à laisser prendre sa capitale de Sikasso. Persuadé que la présence d'un officier français au milieu de ses sofas suffira à lui donner la victoire, Samory envoie au lieutenant une invitation, rédigée dans un style qui n'avait rien de commun avec celui des chancelleries, de venir le rejoindre au plus tôt sous les murs de la ville assiégée. Binger, après sept jours d'une marche à travers un pays horriblement dévasté par la guerre, arrive au rendez-vous et constate le lamentable état de l'armée assiégeante. Rien d'ailleurs de plus semblable au siège de Troie, d'épique mémoire, que celui de la capitale de Tiéba. A chaque instant l'almany était obligé de rompre l'investissement pour chercher de quoi mettre sous la dent ou dans les fusils de ses guerriers; Tiéba en profitait pour appeler à son tour un de ses vassaux, pour tomber sur le poste de surveillance laissé par Samory, lequel était régulièrement enlevé. Dès que l'Agamemnon malinké reparaissait, le Priam de Sikasso renvoyait les bouches inutiles et se renfermait tranquillement dans son tata. Vivement sollicité d'apporter son concours à la destruction de la place, Binger se contente d'offrir sa médiation : c'était peu au gré de Samory qui avait juré de ne rentrer qu'avec la tête de Tiéba dans un sac de sel. Les instances du prince Karamoko pour amener Binger à une alliance offensive et défensive échouent également; peu de temps après le départ de son hôte, Samory fit cruellement payer à son fils son échec diplomatique. En effet, risquant le tout pour le tout, Binger avait déclaré net à Samory qu'il voulait partir. Et comme l'almany montrait à le retenir un empressement excessif, il quittait Sikasso de nuit avec deux hommes pour toute escorte.

Pour comble de malchance il lui fallait faire route à travers les états de Tiéba, qu'avait gonflé d'orgueil l'échec final de Samory et qui ne pouvait évidemment savoir gré au Français de sa présence parmi les Malinkés. Les deux guides qu'il a fini par se procurer le lâchent en pleine forêt et rentrent chez eux en annonçant « que ce pauvre blanc devait avoir eu le cou coupé ainsi que ses compagnons. »

VILLAGE DE LA CÔTE DE L'IVOIRE

La nouvelle en parvint même en France et Mme Binger porta pendant six mois le deuil de son fils. Enfin, après quinze jours de misères indicibles, le vaillant explorateur arrive dans le Fourou, royaume vassal de Tiéba, habité par les Sénoufos, industrieux et pacifiques artisans qui lui font

LA VOLTA

le meilleur accueil. Il y reste quelque temps et quitte enfin les états de Tiéba pour pénétrer sur ceux du roi Pégué. « Malheureusement Pégué, superstitieux comme tous les nègres, ayant appris que Tidiani, sultan du Macina, était mort quelques jours après le passage de notre canonnière sur le Niger, et que même accident était arrivé au roi du Fourou, juste le lendemain du départ de Binger, en conclut que les blancs avaient le mauvais œil et refusa de recevoir celui-là, craignant que sa seule présence le fît passer de vie à trépas ». L'étranger ne réussit à se concilier les bonnes grâces de Pégué qu'en se chargeant lui-même, et bien malgré lui, du rôle de moribond; une violente atteinte de fièvre bilieuse hématurique le mit en effet à deux doigts de la mort.

A peine remis, il reprend la route de Kong, avec une lettre de recommandation de Pégué dans sa poche.

« Un an après mon départ de Bordeaux, et jour pour jour, écrit Binger, c'est-à-dire le 20 février 1888, je fis mon entrée dans la ville, monté sur un modeste bœuf porteur, au milieu d'une population qui paraissait n'être ni hostile ni bienveillante, mais avide de voir un Européen. Les toits, les rues, les arbres, les carrefours étaient pleins de gens qui se battaient pour se trouver sur mon passage. Ce n'est que grâce à une douzaine de vigoureux gaillards, esclaves du chef du village, armés de fouets, rossant tous ceux qui encombraient les ruelles trop étroites par lesquelles je devais passer, que je parvins à gagner une petite place où l'on fit arrêter mon convoi... Le lendemain, après les visites et la remise de cadeaux d'usage, grand palabre... Je fus interrogé à fond sur les guerres de Samory que j'étais suspecté d'être venu espionner... J'exposai que je n'avais d'autre mission que de rechercher les produits qui pouvaient être échangés entre mon pays et le pays de Kong, pour le plus grand bien de l'un et de l'autre. Karamoko-Oulé, gouverneur de Kong, répondit de la façon suivante : « Chrétien, ton parler est droit. Nous avons tous compris ce que tu viens de nous dire, et je t'en remercie au nom de tout mon pays. Pour mon compte, j'étais convaincu qu'un blanc ne faisait qu'un métier honnête. Si Dieu t'a laissé traverser tout le pays, c'est que c'est sa volonté. Ce n'est pas nous qui aspirons contre la volonté du Tout-puissant. Amen ! » Le chef de la ville ajouta : « Tu peux considérer Kong comme la ville de ton père et tu y resteras tant que tu voudras. »

La vue de Kong ne causa aucune surprise à notre voyageur qui s'attendait bien à n'y trouver qu'une vulgaire cité soudanaise aux pauvres maisons bâties en pisé sur ruelles tortueuses et mal odorantes. Toutefois il s'y faisait un grand échange de cotonnades, de tabac, de kola, de poteries, d'ouvrages en cuir, d'instruments aratoires, d'armes et d'or.

De Kong, Binger se dirige vers le nord, à travers les industrieuses populations des Bobos, où la plus noble industrie est celle des barbiers. Puis il visite les pays des Niénégué, des Somo, fétichistes intransigeants qu'effrayaient un carnet, un pliant, un parasol même. Se dirigeant ensuite vers l'est, il arrive jusqu'à Ouagadougou, capitale du Mossi. Bien reçu par Boukary-Noba, héritier présomptif de la couronne, il se voit tout à coup obligé de quitter la ville par ordre du « roi des rois » Noba-Sanoum qu'a effrayé la nouvelle de la marche d'une mission allemande en pays Togo et qui se croit menacé d'une invasion blanche. Il faut revenir vers le sud et traverser à marches forcées le superbe pays du Mossi, vraie Normandie du Soudan. Malheureusement les gens ne valaient point le sol et préféraient vivre du pillage que de l'agriculture. Vivant de millet et de maïs grillé, Binger atteint au bout de dix-huit jours la Volta et l'hospitalière cité musulmane des Oual-Oualé. Il y reste quarante-cinq jours à grelotter la fièvre, et ne se remet que grâce aux bons soins de son hôte et de l'imam. A peine sur pied, il reprend sa route vers le gros marché de Salaga, où il peut enfin faire passer de ses nouvelles en France, et regagne Kong à travers un affreux pays que la saison des pluies a transformé en marécage. Là, une grande joie lui est réservée. Le 8 janvier 1889, la première personne qu'il

voit venir au-devant de lui est M. Treich-Laplène que le
très libéral M. Verdier, armateur à la Rochelle et proprié-
taire de riches comptoirs sur la côte de Guinée, a envoyé
à son secours, partageant avec le gouvernement la moitié
des frais de l'expédition. Comme un bonheur n'arrive jamais seul, Binger réussit à obtenir de Karamoko-Oulé un
traité qui plaçait les états de Kong sous le protectorat de
la France. Après avoir échangé de touchants adieux avec
le sultan et lui avoir fait promesse de revenir le voir (promesse que Binger devait tenir plus tard eu compagnie
de M. Marcel Monnier) la mission gagna le fleuve Comoé
dont les chefs riverains reconnurent également notre protectorat. Enfin, dans les premiers jours de mars 1889,
nos deux héroïques voyageurs apercevaient la blanche
silhouette du *Diamant* qui les amenait bientôt sur la côte
de l'Ivoire, puis à Grand-Bassam.

De ce voyage de 4.000 kilomètres, effectué par des prodiges d'endurance et de volonté, découlait un résultat des
plus précieux : les traités de protectorat conclus avec les
souverains des royaumes parcourus mettaient en communication ininterrompue nos possessions du Soudan avec
celles de la Côte d'Ivoire et barraient la route à la concurrence européenne. Un large portique était ouvert par le sud
à notre expansion vers l'intérieur; de nouvelles missions
devaient le franchir bientôt et parfaire l'œuvre grandiose
du capitaine Binger.

CHAPITRE V

Dans l'Afrique Occidentale.

1888 à 1893.

Le commandant Archinard, nommé gouverneur du Soudan en 1888, reconnaît tout d'abord la nécessité de réduire définitivement Ahmadou à l'impuissance.

Le 15 février 1890, la plus belle colonne qui ait encore parcouru l'Afrique occidentale part du camp de Longtou sous Médine. « Cette petite armée qui entreprenait la conquête d'un empire plus grand que la France se composait de 742 combattants, dont 103 européens; elle emmenait avec elle 9 pièces d'artillerie; un millier d'auxiliaires bambaras l'accompagnaient; les porteurs et non combattants étaient au nombre d'environ 1.200 Le 16 avril 1890, on arrive en vue de Ségou-Sikoro où Madani, fils d'Ahmadou, a, dit-on, sérieusement organisé la résistance. Toutes les précautions stratégiques étaient prises pour le passage du fleuve, quand on apprit que Madani en avait déguerpi. Le harem du sultan, son jeune fils Adboulay, le trésor qui ne s'élevait qu'à 250.000 francs, l'arsenal qui ne contenait plus que quelques fusils rouillés et trois vieux canons, tombent entre nos mains.

C'est à Ouossébougou, citadelle du Kaarta, qu'Ahmadou avait concentré ses moyens de défense : 300 réguliers et 2 canons détachés de la colonne principale arrivent un matin en vue de la place que défendaient 1.000 cavaliers et 3.000 fantassins. « On mit les deux petits canons en batterie, raconte le commandant Archinard, à 400 mètres, puis à 300. Une brèche, puis une autre sont pratiquées...

COMMANDANT ARCHINARD

Vers 5 heures, au signal donné, les tirailleurs sous les ordres du capitaine Launay, des lieutenants Levasseur et Alakaméssa se jettent sur la brèche; les assiégés opposent une résistance désespérée; tous les officiers et sous-officiers européens sont tués ou blessés; les auxiliaires bambaras hésitent, reculent, sont pris de panique. Le jour finit et les réguliers passent la nuit sous les armes dans les positions conquises. Au matin du 26, il faut recommencer le feu d'artillerie, canonner la citadelle et les quartiers voisins. Vers midi et demi, le commandant réunit les chefs indigènes et

leur fait là petite harangue suivante : — « Vous m'avez
dit que je n'aurais qu'un trou à faire avec nos canons et
que vous passeriez tous; j'en ai fait cinquante... Tout le
monde dit que les Bambaras ne reculent pas et je le croyais.
Autrement j'aurais amené 100 tirailleurs de plus et tout
serait fini depuis longtemps... Cette fois-ci je vais vous laisser aller seuls, je veux savoir au juste ce que valent les
Bambaras. » Nos auxiliaires se groupent par cantons; c'est
à qui se lancera le premier à l'assaut; la porte de la citadelle est enfoncée, la place enlevée. Mais parmi les vaincus pas un ne se rend: on en voit qui s'enferment dans leurs
maisons avec leurs familles et y mettent le feu. Le chef toucouleur, un héros dont le nom mérite d'être conservé, Ban-
diougou-Diara, couronne cette défense à la Sagarosse en
se faisant sauter avec une partie du château ».

Ahmadou voyait ses États réduits à la province de Nioro.
Accablé par une série de nouvelles défaites (dont celle de
Koniakary seule lui coûta 1.300 guerriers) Ahmadou « que
ses derniers fidèles accusaient de couardise parce qu'il
n'avait paru sur aucun champ de bataille, réunit ses guerriers notables et leur dit : « Je ne suis plus rien; j'ai perdu
ma famille, j'ai perdu la maison de mon père; j'ai défendu
à mes *griots* (bardes officiels) de chanter mes louanges et
de continuer à m'appeler le *casseur de têtes*. Je ne suis plus
qu'un mulsuman comme vous; je ferai ce que vous déci-
derez. » Il fut décidé qu'on essaierait de reprendre Koniakary, où le lieutenant Valentin était resté avec une poignée
d'hommes. L'attaque fut savamment préparée par les griots
qui foudroyèrent la place de leurs sortilèges. Puis l'assaut
fut donné. Ahmadou y perdit ce qui lui restait de ses vieilles
troupes. Le commandant Ruault les achevait à Oualia en
décembre 1890.

Le 1er janvier 1891, le commandant Archinard, devenu
lieutenant-colonel, arrivait devant Nioro après une série de
brillants combats livrés aux nouvelles troupes recrutées par
Ahmadou et entrait sans coup férir dans la capitale tou-
couleure : outre de grands approvisionnements en poudre
et en vivres on y trouvait... un canapé et des fauteuils

Louis XV avec des bergères de Watteau. Le lieutenant
Marchand, le futur héros de Fachoda, se jette à la poursuite du vaincu avec un escadron de spahis, le traque de
village en village, le jette dans le désert où ses fidèles l'abandonnent « après l'avoir dépouillé de ses dernières pièces
d'or. » Seul l'épuisement des chevaux oblige la vaillante
petite colonne à s'arrêter. Ahmadou, après avoir erré quelque temps dans le Macina, gagnait Dienné et y sollicitait

UN GRIOT

l'hospitalité de son frère Mounirou qui venait de succéder
à Tidiani.

Pour briser l'empire maure fondé par El-Hadj-Omar, le
colonel Archinard en partage les provinces entre les descendants des dynasties Bambaras dépossédées par le prophète et son fils. Le royaume de Ségou fut coupé en deux.
La partie méridionale resta à notre allié Bodian; la partie
septentrionale, avec Sansandiug comme capitale, fut donnée à un chef sénégalais Mademba, que son dévouement à
la cause française désignait pour cet honneur.

En 1892, Ahmadou réussit à grouper encore une fois autour de son étendard les irréductibles tribus Maures qu'électrise son fanatisme; le colonel va en personne l'assiéger dans Dienné. La résistance des Toucouleurs fut acharnée; il fallut vingt-quatre heures de canonnade et d'assauts répétés pour en venir à bout; deux officiers, le capitaine Lespiau et le lieutenant Dugast, furent tués raides sur la brèche. Cette victoire nous donna le Macina sans nous livrer Ahmadou. Aguibou, son frère et son plus mortel ennemi, est installé à Bandiagara en qualité de roi et se met au service du capitaine Blachère pour couper la retraite au fuyard. Le capitaine retrouve sa piste, lui donne la chasse pendant toute une nuit, l'atteint à Adella et lui tue 130 partisans. Mais Ahmadou se dérobe encore. Nouvelle rencontre dans le défilé de Mombasi; la famille du sultan est prise et ses derniers fidèles se font tuer bravement jusqu'au dernier pour lui permettre de fuir aussi lâchement. Il va se perdre en pays touareg.

Les territoires du Soudan septentrional nous appartenaient désormais sans conteste; la route terrestre de Timbouktou nous était ouverte à la suite d'une sanglante tragédie qui avait hâté la prise de possession de cette cité africaine.

En 1889, le lieutenant de vaisseau Jaime avait été chargé de renouveler jusqu'à Timbouktou la belle reconnaissance que deux ans auparavant son collègue Caron avait poussée sur le Moyen-Niger. L'accueil fait par les Touareg à la mission l'avait obligée, pour sauver une partie de l'équipage envoyée en études topographiques, de faire connaître à ces brigands la puissance de nos canons-revolvers. Comme nous ne pouvions laisser ces pillards sur l'impression de notre retraite, une flottille fut confiée à la fin de 1893 au lieutenant de vaisseau Boiteux; son rôle devait se borner à tenir libres les rives du fleuve. L'attitude menaçante des riverains oblige cet officier à outrepasser ses instructions; il débarque à Kabara ses équipages, sans cesse harcelés par les coups de feu des Touareg, marche sur Timbouktou et y plante le drapeau français.

Nous avons déjà vu qu'une certaine distance sépare le port de Kabara de la ville de Timbouktou. L'enseigne de vaisseau Aube, laissé à la garde des bateaux, reçoit l'ordre d'amener un second maître et des laptots pour renforcer la petite garnison. Le jeune officier vient à peine de quitter ses canonnières que plusieurs centaines de barbares se précipitent sur lui; le second maître et 20 laptots tombent mortellement frappés sur son cadavre.

En apprenant l'imprudence du lieutenant de vaisseau Boiteux, le colonel Bonnier qui opérait sur la rive droite du Niger, recrute en toute hâte des pirogues, y embarque ses tirailleurs, ses canons et, avant même de connaître la mort de l'enseigne Aube, dépêche un émissaire au com-

TIMBOUKTOU (CÔTÉ OUEST)

mandant du génie Joffre, en marche sur la rive gauche du fleuve; il lui ordonne de le rejoindre au plus vite sous les murs de Timbouktou. Le 10 janvier 1894, le colonel débarquait au-dessus de Kabara, traversait les masses ennemies prêtes à livrer l'assaut et dégageait le commandant Boiteux dont l'imprudente désobéissance fut sévèrement blâmée. Elle devait avoir de terribles conséquences.

Les Touareg avaient disparu comme par enchantement des environs de la ville : mais le colonel Bonnier ne se méprenait pas sur leurs intentions, et voulant à tout prix connaître dans quel repli du désert leurs bandes étaient allées s'embusquer, il laisse le commandement de la place au capitaine Philippe, emmène avec lui tout son état-major, une compagnie et demie de tirailleurs et un convoi de 200 porteurs; le 13, il s'éloigne dans la direction de l'Ouest.

« Après avoir pris le campement d'un chef targui, le 14 dans l'après-midi, dit le capitaine Philippe dans son rapport officiel, et enlevé un nombreux troupeau, le colonel apprenait que les Touareg se trouvaient à quelque distance de là ; une colonne se remet en marche à trois heures de l'après-midi, laissant une section de la 11ᵉ compagnie et une section de la 5ᵉ sous le commandement du sous-lieutenant Sarda pour la garde du troupeau. Vers la nuit, la colonne arrivait au campement évacué, ou paraissant l'être, campement situé sur une bande de sable entourée à peu de distance d'une haute végétation. A quatre heures du matin, le 15, les Touareg surprenaient la colonne endormie et

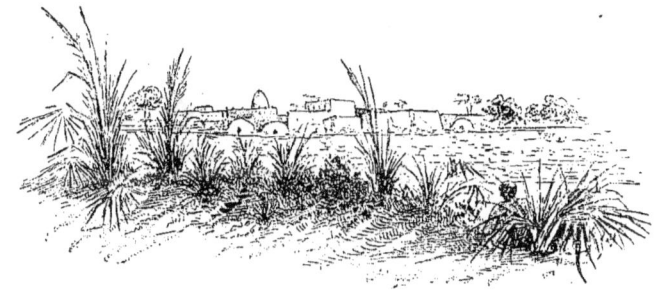

LE MARIGOT DE GOUNDAM

mal gardée dans le campement où elle s'était installée en arrivant, campement qu'ils connaissaient admirablement puisqu'il leur appartenait. Aucune reconnaissance des environs n'avait été faite. Suivis de nombreux piétons armés, les cavaliers Touareg arrivent sur les faisceaux avant que le cri « aux armes ! » ait été poussé ; un groupe tombe sur l'état-major placé dans une clairière et d'un accès des plus faciles. Des bœufs lâchés par des Touareg contribuent au désordre épouvantable d'un moment pareil.

« Le capitaine Nigotte peut seul s'échapper avec un coup de sabre à la tête. Le colonel, 3 officiers, 2 sergents européens, 1 interprète, 1 sergent, 6 caporaux et 61 tirailleurs indigènes avaient disparu ; 95 fusils et 10.000 cartouches tombaient aux mains des Touareg. »

Le lieutenant-colonel Joffre, retardé dans sa marche par

la difficulté de ravitailler ses troupes, ses 250 chevaux et ses 1.000 indigènes dans un pays hostile et ruiné par d'exceptionnelles inondations du Niger, est obligé de passer sur le ventre des Niafunkés, auxquels il tue 125 guerriers, pour atteindre le port de Goundam situé sur la rive droite du Niger. Le fleuve est large à cet endroit de plus de 300 mètres. Les Touareg ont emmené les pirogues sur l'autre rive et semblent décidés à disputer le passage : il faut une semaine pour se procurer les embarcations nécessaires. Enfin la colonne passe sous la protection de l'artillerie. Le 9 février, elle arrive sur le lieu du massacre du 15 janvier, y retrouve les cadavres des officiers et de quelques hommes, et les ramène à Timbouktou le 12.

Après quelques jours d'un repos bien gagné par une marche de 700 kilomètres à travers un horrible pays, commencent les opérations destinées à venger l'assassinat de nos soldats. Le 23 mars, un parti targui est cerné près le lac Goro; son chef et son lieutenant sont tués. Le 23, non loin de Goundam, 400 Touareg sont rejoints et laissent 120 morts sur le terrain, dont tous leurs chefs sauf un; le reste s'enfuit en nous abandonnant 50 chevaux, 30 chameaux, 8.000 moutons, 400 bœufs et 200 ânes. Peu de temps après, les gens du Tengueregit au nombre de 5 à 600, venaient demander l'aman, nous laissaient comme otages un chef et cinq notables et payaient une amende de 1.000 moutons.

Quant à la ville même de Timbouktou le gouvernement décida que notre drapeau y resterait pour toujours; cette conquête nous avait coûté trop de sang pour qu'il fût désormais possible de la rendre à la barbarie.

Si, en 1894, la route de Timbouktou était ouverte à travers l'ancien empire toucouleur, le redoutable foyer d'hostilités allumé dans le sud-est par Samory couvait depuis 1889 et n'attendait que le plus léger souffle pour redevenir embrasement.

L'almany s'était retiré dans le Ouassoulou, vaste région de 125.000 kilomètres carrés qui confinait à la colonie anglaise de Sierra-Leone, à la République nègre de Libéria, aux Etats de Kong et à ceux de Tiéba, roi du Kénédougou. Sa capitale était Bissandougou. Il pouvait posséder à ce moment environ 30.000 hommes, dont un bon tiers armés de fusils à tir rapide, d'énormes quantités de cartouches et 2.000 chevaux. Sous son autorité de fer se courbent servilement des lieutenants fanatiques dont le plus redoutable est Sarakéni-Mory, fils de l'Almany et de sa femme préférée la belle Sarah, qui a réussi à faire du jeune guerrier l'héritier présomptif de Samory en empoisonnant successivement les autres fils de l'almany.

Le colonel Archinard, ayant eu, dès 1890, les preuves de la complicité de Samory avec Ahmadou et de ses intrigues avec les rois Aguibou et Tiéba, résolut de reprendre l'offensive contre lui.

Aguibou, frère d'Ahmadou, n'était qu'un

AUXILIAIRE BAMBARA

minuscule sultan du Dinguiray. Mais comme il haïssait Ahmadou, il fut aisé au colonel Archinard de le détourner de Samory; invité à venir à Kita, ce roitelet ne fit aucune difficulté pour placer ses états sous notre protectorat.

Tiéba, rci du Kénédougou, présentait une surface monarchique plus appréciable. Ancien esclave comme Samory, ce « fama » s'était taillé, à peu près dans les mêmes temps, un état de 60.000 kilomètres carrés dans le fertile pays de Sikasso. Mais, depuis le siège de Sikasso auquel avait assisté Binger, Tiéba n'avait pour Samory qu'une affection plus que douteuse. Aussi, le colonel Archinard jugea-t-il qu'il ne devait pas être malaisé d'user l'un par l'autre ces deux potentats; et, comme Samory paraissait le plus irréductible des deux, c'est vers Tiéba que fut envoyé l'un de nos plus distingués officiers, le capitaine d'infanterie de marine Quiqrandon que désignaient pour cette délicate mission ses succès diplomatiques dans le Fouta-Djallon. Le capitaine, accompagné du Dr Crozat et d'une quinzaine de tirailleurs traînant une petite pièce de 4, est reçu par Tiéba à Fonfona et le décide à se jeter sur l'almany et ses alliés. Tiéba recrute ses sofas, et on se dirige sur Loutana en compagnie de la sœur du fama, l'illustre amazone Momo, jadis la terreur de l'armée de Samory. « Je m'attendais, dit le capitaine, à voir quelque vigoureuse jeune fille, bien plantée, capable d'entraîner à sa suite et d'animer une troupe de cavaliers. Je fus bien déçu quand j'aperçus une tête affreuse, ravagée par la petite vérole, l'œil petit et à demi éteint, la bouche légèrement tordue, les mains et les pieds rongés par la lèpre amputante. Momo a quarante-cinq ans au moins; elle ne saurait se tenir debout, ses pieds rongés ne le lui permettent pas. Un grand diable solidement charpenté est spécialement chargé de la monter à cheval, de la descendre et de la transporter à bout de bras chaque fois qu'elle a à se déplacer... Pourtant Momo a une province à elle, une troupe à elle..., et elle dirige avec une sauvage énergie cavaliers et fantassins, montée sur le cheval de Fabou, ce lieutenant préféré de Samory qui fut tué à Sikasso.

Le capitaine Quiquandon et son escorte arrivèrent devant Loutana, en compagnie de la cohue inimaginable qu'était l'armée de Tiéba. Une petite troupe amenée par le sultan de Kinian, vassal de Samory, essaie en vain de barrer la route; elle est défaite. Loutana capitule. L'armée

victorieuse se porte alors contre Kinian, grosse ville de
3.200 mètres d'enceinte et dont Kouroumina commande les 4.000 guerriers. Un premier assaut est repoussé. Tiéba découragé supplie le capitaine Quiquandon
de l'aider mieux que de ses conseils. Le capitaine met à
profit cette occasion de se rendre une bonne fois maître de
l'esprit du fama, fait amener son petit canon, le pointe

GRIS-GRIS (FÉTICHES)

contre le mur du tata et invite Tiéba à y mettre lui-même
le feu. L'obus éclate dans la terre battue, y ouvre une
brèche; le roi « qui a cassé tant de villages » ne se tient
plus de joie et lance incontinent ses gens à l'assaut.
Mais au moment de franchir la brèche, ceux-ci s'arrêtent
et se prennent à échanger, sous une pluie de balles qui les
décime, une série de réflexions sur le thème suivant : « Un
village de roi, se disent-ils, ne se prend pas comme cela : on
ne sait jamais ce qu'il y a dedans. Pour n'avoir pas cédé au
canon des blancs, il faut que Kouroumina ait de fameux

grigris ». Les grigris de Kouroumina font en effet une sortie qui coûte à Tiéba 500 tués ou blessés. Le pauvre fama mit plus d'un mois à se remettre de cet échec.

Cependant le temps presse; une colonne envoyée par Samory approche et rien ne semble décider les 12.000 combattants amenés par Tiéba devant Kinian à tenter le suprême assaut que conseille le capitaine. Heureusement Kouroumina, exaspéré par la famine, se précipite au dehors dans la nuit du 7 mars 1891, et traverse les lignes ennemies. La ville est aussitôt prise. Cette victoire, dont le fama eut le bon goût d'attribuer le succès à la mission, nous coûtait 1 tué et 13 blessés; elle coûtait à Tiéba près de 1.200 tués ou blessés.

Quelques jours après, le colonel Archinard s'attaquait à Samory lui-même dont le prestige était singulièrement compromis par la défaite de ses alliés. Une colonne de 740 combattants passe le Niger, traverse sous un soleil de plomb les pays où s'est exercé le sanguinaire despotisme de Samory et dont les populations accueillent le colonel en libérateur. Le 7 avril, elle tombe sur le dos des sofas au moment où ils allaient incendier la ville de Kankan, capitale de l'une des plus riches provinces asservies par l'almany. Défait encore à Diamenko, Samory rassemble ses chefs de cantons et leur déclare qu'au premier échec ils auront tous la tête tranchée. Ce doux encouragement ne produit que peu d'effet; le lendemain même leurs bandes étaient décimées à Kokouna; le surlendemain Bissandougou tombait entre nos mains et le colonel entrait dans le palais royal. Il ne faudrait pas conclure de cette pompeuse dénomination que nos braves tirailleurs trouvèrent dans ces Tuileries soudanaises fines courtines, ni même fauteuils Louis XV — comme chez Ahmadou. Bissandougou, dont les indigènes avaient tant vanté les beautés, n'était qu'un vulgaire village de nègre... un peu plus sale même que les autres. Ses splendeurs monumentales, faites de marbre en terre battue, de colonnades en pieux mal équarris, de dômes en vieille paille pourrie, flambèrent en quelques instants pour le plus grand bien de l'hygiène de nos troupes.

Mais, tel le vieil Antée, Samory terrassé se relevait chaque fois plus souple et plus ardent à la lutte. Du 1er janvier au 15 mars 1892, 16 combats sont livrés entre Bissandougou et Sanankoro, qui en est distante d'environ 80 kilomètres dans le sud. Ce gros village devient le centre de ralliement de nos colonnes qui tiennent sans cesse l'almany en haleine. Cerné dans Toukouro, Samory s'enfuit du tata

PAYSAN DE LA BOUCLE DU NIGER

devenu le cimetière de ses sofas, et, avec une petite élite de guerriers, reprend hardiment la direction du nord. Le 30 mars, le capitaine Wintenberger apprend qu'il s'est posté à 10 lieues de Kérouané pour tomber sur le premier détachement français qui passera. Le capitaine part la nuit tombante avec 110 hommes, accompagné du lieutenant Biétrix. Au matin, le village est surpris; mais les sofas qui composent la garde d'honneur de l'almany se précipitent en avant pour faire de leurs corps un rideau derrière lequel leur chef tente de se dérober. Biétrix a reconnu Samory qui

se défile entre les cases; suivi d'un tirailleur il se jette au milieu des balles pour le saisir; le prophète essuie trois coups
de feu qui le manquent; mais, écrasés sous le nombre, Biétrix et son compagnon tombent mortellement frappés.

Une mort non moins cruelle devait, cette même année,
jeter sur nos succès une ombre de deuil. Le capitaine Ménard, envoyé en mission dans le sud pour chercher une
route qui permît de ravitailler nos colonnes par la côte
de Guinée, avait passé un traité avec le chef d'une de ces
innombrables tribus sur lesquelles s'appesantissait de temps
en temps la férocité des recruteurs de sofas. De concert avec
lui, il était allé attaquer la place de Séguéla, où se tenait
un des lieutenants de l'almany. Le 4 février, Ménard arrivait le premier sur la brèche: mais une balle l'y frappait
en plein front.

Le colonel Archinard envoie à la fin de 1892 le lieutenant-colonel Combes, et, dès le début de 1893, le commandant Bonnier pour achever d'éparpiller les bandes de sofas.
Samory, toujours fuyant, gagne le pays gouverné par
Bemba, vassal de Tiéba, où il s'efforce de recruter du
monde. Il est traqué de tous côtés : un détachement de
spahis arrive sur le soir au village de Koloui où il s'est
arrêté; le bruit des sabres lui donne une suprême énergie;
il saute à moitié nu sur un cheval et s'éloigne sous une pluie
de balles.

On espérait que, presque seul, perdu en pays ennemi, il
allait se rendre à discrétion au commandant du premier de
nos postes; une faute grave du gouvernement français devait anéantir cette espérance. Le Parlement, en présence
de l'émoi causé par le massacre de Timbouktou et des dé-
penses occasionnées par la guerre du Dahomey, prescrit
de triompher de Samory... par la diplomatie ! C'était ra-
nimer ce moribond et de prolonger de six années sa résistance.

Cette belle période de l'histoire du Soudan qui s'étend
de 1889 à la fin de 1894 et qui correspond assez exactement à l'époque pendant laquelle l'œuvre de conquête fut

confiée au colonel Archinard, est illustrée par deux belles missions d'un caractère tout pacifique : celles du docteur Crozat et du commandant Monteil.

Quand l'expédition Quiquandon s'était rendue chez Tiéba, elle ne devait en réalité que s'arrêter quelques semaines chez le roi de Sikasso, et, une fois le traité d'amitié conclu avec ce souverain, poursuivre sa route vers l'est, vers les pays jadis visités par Binger. Si les événements obligèrent Quiquandon à faire près de Tiéba un séjour plus long qu'il n'était convenu, l'objet de la mission ne fut point pourtant perdu de vue, et le docteur Crozat escorté de deux tirailleurs, de deux spahis et de quelques porteurs, se chargea de réaliser le programme tracé par le gouverneur. Il visita le pays des Sénoufos et des Bobos, dont les naturels étaient courbés sous l'arrogante domination de chefs religieux (marabouts) et militaires (almamys), ainsi que des dioulas (chefs de puissantes corporations marchandes). « A peu près nulle part Crozat n'arriva en ami; mais à peu près de partout il eut la bonne fortune de partir en ami. »

Il parvint ensuite dans le pays Mossi : les Mossis, tout aussi nus et aussi misérables que leurs voisins les Bobos, étaient également soumis à une race conquérante. Le premier « naba » ou roi du Mossi, d'après la légende, aurait eu 333 fils; en conséquence le pays aurait été à sa mort partagé en 333 royaumes. Au-dessus de tous s'élevait le naba Ouho « l'éléphant des rois », qui trônait dans Ouagadougou.

Or, Crozat eut le bonheur de retrouver dans cette capitale, en qualité d'éléphant des rois, le simple naba Bocary dont Binger avait su jadis se concilier l'amitié. Malgré les intrigues des marabouts, des almamys et des dioulas, le docteur réussit, à la fin de septembre, à signer avec Bocary un traité plaçant sous notre influence une étendue de 80.000 kilomètres carrés.

La belle expédition du commandant Monteil devait avoir des résultats encore plus éclatants.

L'Angleterre, qui de 1856 à 1872 avait abandonné presque tous ses comptoirs du Bas-Niger et laissé s'épuiser dans une rivalité ruineuse les quelques maisons qui s'y étaient établies vers 1872, voyait avec effroi le développement de notre influence dans le Soudan occidental. Le *Foreign office* s'empressa donc de nous soulever des difficultés d'ordre commercial dans le Bas-Niger pour nous amener à composer avec lui. A la suite de longs pourparlers dans lesquels les représentants britanniques apportèrent plus de mauvaise foi que d'arguments, nous dûmes abandonner à l'Angleterre la zone formée par la vallée du Bas-Niger jusqu'à Say sur le Niger; une ligne tirée de Say à Barroua sur le lac Tchad limitait à l'est du fleuve l'action des deux puissances. Les pays situés au nord de cette ligne, pays peu riches, mal connus dans leurs détails, nous étaient généreusement abandonnés par l'Angleterre. C'est pour mieux connaître le lot qui nous revenait que Monteil fut chargé par le gouvernement français de la mission qui l'amenait à Saint-Louis dans les premiers jours d'octobre 1890.

Il traverse rapidement le Sénégal, arrive à Kayes, gagne Ségou où il complète l'organisation de sa mission par l'achat des animaux qui doivent transporter ses nombreux bagages, et quitte ce poste en décembre, avec l'allure plutôt d'un honnête mercanti que d'un conquérant : le but de son voyage est Barroua et le lac Tchad.

Arrivé à San, il fait un crochet dans le sud et rencontre dans le pays des Bobos le capitaine Quiquandon et le docteur Crozat qui lui donnent de précieux renseignements sur la route du Mossi. Après un court séjour parmi ces noirs, et un palabre dans lequel le commandant déploya toute son éloquence, un traité de protectorat fut passé avec le chef. Même succès diplomatique dans le Dafina.

Dans le Mossi, Monteil est frappé de voir un état de civilisation déjà avancée et une autorité fortement établie. Le roi de Yako lui réserve un accueil hospitalier et lui promet guide et viande fraîche. Un incident qui aurait pu être grave se règle à l'amiable et plus rapidement que devant un tribunal français : en attendant un guide, le commandant s'était aventuré en excursion sur un tertre probablement tabou; un individu se jette menaçant sur lui; mais craignant de se frotter à trop forte partie en s'attaquant à un blanc, l'homme se précipite sur un des porteurs de Monteil et le blesse d'un coup de sabre. La foule d'abord surexcitée par cette querelle est bientôt calmée par le chef Une douce familiarité succède même bientôt à l'animosité, et un badaud pousse la curiosité jusqu'à demander à Monteil de lui montrer le mécanisme de son revolver. « Que se passa-t-il, raconte notre compatriote, je l'ignore; mais un coup partit... Je me porte immédiatement jusqu'à un cercle que viennent de former rapidement les noirs et j'aperçois à terre un enfant blessé par le projectile; je m'attendais à une affaire d'autant plus désagréable que c'était un page du chef. Aussi quel ne fut pas mon étonnement de voir, bientôt près, le naba venir à moi d'un air joyeux et me dire : « Mais, c'est très bien; tu as eu un homme blessé ce matin, tu m'en blesses un ce soir, nous sommes quittes; voici un guide et un bœuf; oublie tout cela et va-t-en; je suis enchanté de t'avoir vu. »

Sur les confins du Liptako, la mission est l'objet d'un accueil comiquement hospitalier. Un chef se présente et dit : « Mon maître t'envoie un guide et il te prie de te rendre auprès de lui. » Remerciements. On se met en route; soudain arrive un autre noir sur un cheval blanc d'écume : « Je suis le fils du roi de Liptako, dit l'homme; laisse-là ce guide, je vais te conduire auprès du roi. » Nouveaux remerciements. Un quart d'heure après, deux autres cavaliers arrivaient : « Nous sommes envoyés par les fils du roi Bouari qui vient de mourir; viens avec nous. » Monteil objecte qu'il a déjà deux guides. « Oh ! protestent les derniers venus, ceux-là ne comptent pas; les chefs du pays, c'est nous. » Deux kilomètres à peine sont parcourus en compagnie des quatre guides, qui ne semblent pas bien d'accord sur la route à suivre, qu'un cinquième cavalier survient : « Bonjour ! dit-il; je viens saluer le blanc et me mettre à sa disposition. » — Impossible, répond le com-

mandant, j'ai déjà le fils de Boubakar. » — « Oh ! fait le
cavalier, ne compte pas sur cet homme-là, il n'a aucun
pouvoir ! » Il fallut bien faire contre mauvaise fortune bon
cœur, et, comme les bêtes de somme s'entêtaient à crever
en route, Monteil profita de la concurrence de ses guides
pour en obtenir une dizaine de bourriquots qui lui per-
mirent d'arriver après mille tribulations à Zebba, où pendant 45 jours il resta gravement malade. Ses porteurs pro-
fitèrent de sa situation pour disparaître; avec moins de
perversité dans l'âme sans doute, les bourriquots en firent
autant. Enfin il fut possible de quitter Zebba. Dans le
royaume du Torodi, Monteil peut réorganiser sa petite
caravane et, grâce aux excellents souvenirs laissés par
Barth dans le pays, obtenir des lettres de recommandation
pour les sultans de Sokoto.

C'est à Say que Monteil atteint le bas-Niger; il franchit
le fleuve et, marchant toujours vers l'est, traverse le
Djerma, le Mouri, le Kabbi. Cette dernière contrée
est celle qui lui a laissé le plus mauvais souvenir; dans
ces pays en effet le vol est érigé à la hauteur d'une insti-
tution sociale.

Heureusement, à son entrée dans le Sokoto, Monteil
reçoit un excellent accueil de l'empereur des pays Haoussa,
commandeur des croyants. Toutefois l'amitié du pauvre
commandeur reste platonique : il a dépensé tout ce qu'il
avait à assurer sa récente élection au trône; aussi ne peut-
il fournir le moindre bourriquot au voyageur. Il lui remet
cependant des lettres de recommandation pour Kano.

« Kano, continue Monteil, est une ville d'une importance
exceptionnelle : c'est sur ce point que se dirigent les caravanes du Sahara et du Bornou; elles y amènent des convois d'esclaves, de chevaux, de chameaux, de l'ivoire, des
peaux, du sel, de la noix de kola, etc… L'industrie du
vêtement y est considérable; les deux tiers du Soudan et
du Sahara s'habillent des étoffes qui y sont tissées… » Monteil y resta 3 mois, puis gagna le Bornou où il lui fallut
lutter contre mille difficultés soulevées par les agents anglais. Monteil cependant aplanit tous les obstacles et se

fait un ami d'un des grands feudataires du sultan en prou-
vant qu'il n'est point anglais... bien au contraire. Il est
même l'objet d'une imposante manifestation : cinquante
cavaliers se jettent sur lui, la lance en arrêt, au grand
galop, et ne s'arrêtent qu'au moment où la pointe de leurs
armes est à 10 centimètres de son visage. Le lendemain,
à son entrée à Kouka, grosse ville située tout près du
Tchad, nouvelle manifestation aussi peu rassurante : le
salut des sabres lui est fait par les forces mobilisées du sultan au milieu d'une affluence de 40 à 50.000 personnes.
Comme partout ailleurs, Monteil dût à son habileté, à sa
franchise, à sa stricte observance des croyances du pays
de recevoir une cordiale hospitalité.

« De Barroua à Nguigmi, rapporte Monteil, le Tchad
est complètement dégagé sur de nombreux points, et l'on
a de larges échappées sur l'étendue lacustre. Je ne dirai
pas que ce spectacle a beaucoup de grandeur, mais enfin il
a son charme. La cuvette de ce bassin est très peu profonde,
les rives en sont mal définies et l'aspect du terrain qui l'en-
toure est sans relief; ce n'est en somme qu'un immense
étang perdu dans une plaine sans fin. A Nguigmi, on aperçoit dans le lointain des pirogues qui servent aux indigènes pour la pêche de ces merveilleux poissons que les
caravanes achètent au passage pour leur nourriture sur la
route du Sahara. »

L'objet précis de la mission confiée au commandant Monteil était atteint; et sa consciencieuse reconnaissance du
pays traversé par la ligne Say-Barroua devait nous permettre plus tard de discuter nos droits que l'Angleterre,
avec son habituelle mauvaise foi, devait remettre en question lors du tracé définitif des frontières de la Nigéria.

Au lieu d'opérer son retour en faisant en sens inverse
la route déjà parcourue, Monteil décida de regagner la mer
par le nord et de sortir du continent noir par la Tripolitaine.

A Beduaram il entre dans cette vaste et monotone plaine
saharienne, sans végétation et où l'empreinte même de
l'animal ne laisse qu'une trace insensible que le moindre

vent efface. Tout homme d'une caravane qui reste en arrière est un homme perdu; il faut marcher sans trêve...
C'est après vingt jours de marche dans ces conditions atrocement fatigantes qu'on arriva à Naöuar, oasis constituée
par une végétation sommaire qui croît à l'abri d'un immense rocher de 50 à 60 mètres
d'élévation.

Vingt-quatre   étapes
sont franchies à tra-
vers une région
encore plus
désolée que
la précé-

FEMMES DE KANO

dente; au terrain sablonneux a succédé un terrain ro-
cheux très dur; après les journées torrides il faut subir,
surtout au passage des monts Cummo, des nuits très
froides qui mettent hors de service les porteurs dont les
aspérités du chemin ont affreusement crevassé les pieds.
Enfin la caravane arrive à Gatroun, premier gros vil-

lage de la Tripolitaine; c'est un gros marché de dattes, mais dont les environs sont peu sûrs. Peu après le commandant gagnait Mourzouk sans encombre, puis Tripoli.

Si l'on compare cette pacifique traversée de la redoutable Afrique soudanaise ou saharienne aux raids sanglants de l'Américain Stanley ou du triomphateur Kitchener, on

MONTEIL

ne peut se défendre d'une profonde admiration pour l'intrépide Français qui, une fois de plus, a su opposer la bienfaisante et généreuse supériorité de notre race à la brutalité orgueilleuse et féroce de l'exploitation anglo-saxonne. Le premier titre de Monteil à la reconnaissance publique est moins l'importance capitale des résultats pratiques obtenus à force de patience et d'audace, que la manière humaine et d'une rare élévation dont il a su les obtenir.

CHAPITRE VI

La Guerre du Dahomey

En 1878, le roi Glé-glé, surnommé Quini-quini, « le lion des lions » régnait sur le Dahomey dont les territoires confinaient au royaume de Porto-Novo, placé sous notre protectorat. Malgré les difficultés suscitées par l'Angleterre — qui n'aurait pas mieux demandé que d'arrondir son domaine de Lagos en nous fermant l'Hinterland de notre protectorat — et par les Portugais, fortement établis à Wyddah et toujours prêts à ramasser les miettes tombées de la table britannique, Glé-glé nous avait confirmés dans la possession de la ville de Kotonou, le seul port de quelque valeur de la côte; puis, par l'intermédiaire de son *cabécère* Chaudaton, il avait passé avec nous un traité réservant à la France le traitement de la nation la plus favorisée en pays dahoméen.

Mais peu à peu les bonnes dispositions du lion des lions s'étaient modifiées à notre égard. Travaillé par nos rivaux, son fils le prince Kondou, profite de l'état quasi-comateux déterminé chez son ascendant par l'us immodéré des liqueurs fortes, pour lui faire dénoncer le traité de 1878 et nous sommer d'évacuer non seulement Kotonou, mais aussi Porto-Novo dont il considérait le roi comme un de ses simples vassaux. Pendant deux ans, nous laissons sans réponse les réclamations chaque jour plus acerbes du vieux potentat, nous réservant d'agir au mieux de nos intérêts quand une suprême crise d'alcoolisme ouvrirait sa succession.

Or, en mars 1889, non seulement le lion des lions n'avait pu se décider à rendre son dernier rugissement au dieu de ses grigris, mais passant subitement de la menace à la violence, il confie ses amazones au prince héritier, leur fait franchir l'Ouémé, ravager le pays de notre allié Tofa et

INTERPRÈTE ET CONDUCTEUR DU Dr BAYOL

détruire plusieurs factoreries françaises. La présence de deux croiseurs sous les ordres de l'amiral Brown de Colstoun put seule obliger les bandes de Kondou à repasser l'Ouémé.

Espérant régler pacifiquement le conflit, le gouvernement français invite M. le docteur Bayol, alors gouverneur des Rivières du Sud, à demander réparation amiable des ruines amoncelées par les bandes dahoméennes. Aux premières ouvertures faites par notre représentant, Glé-Glé répond par une fin de non recevoir basée sur l'impossibilité où il se trouve de se procurer un traducteur assez savant pour lui expliquer les termes de la note qu'il a reçue. Bravement M. Bayol, accompagné de MM. Angot et Béraud, va trouver le vieux félin dans sa tanière d'Abomey : il y est reçu « par une députation solennelle composée de huit chefs, escortés de milliers de soldats tirant des salves de mousqueterie; des indigènes brandissaient d'immenses pavillons anglais agrémentés de têtes de morts; huit coups de canons furent tirés en son honneur pendant les toasts qui suivirent un lunch offert par le prince Kondou en son palais. » Pour corser la réception, Glé-Glé invite M. Bayol à assister aux *grandes coutumes* commandées en son honneur. Il va sans dire que la mission refusa formellement d'être témoin de cette sanglante orgie et de donner par sa présence une sorte d'assentiment tacite à ces odieux sacrifices humains dont les Dahoméens honoraient leurs fétiches.

Mais dès qu'il s'agit de parler affaires, Glé-Glé déclara ne plus comprendre un mot du langage diplomatique; et, pour le mieux prouver, il abreuva M. Bayol des plus grossières injures, le sommant de signer un traité par lequel eussent été abolies toutes les conventions précédemment passées entre les deux pays. Le dauphin noir poussa même l'outrecuidance jusqu'à tenir ce langage : « La France, je le sais bien, est actuellement gouvernée par des jeunes gens auxquels on ne cause pas. Quand tes amis auront aboli la République et élu un roi d'illustre naissance, digne d'adresser la parole au lion des lions, nous verrons s'il y a lieu de lui faire quelque cadeau ou de l'autoriser à envoyer ses gens chez nous. » Tout ce que put obtenir M. Bayol, fut la signature d'une lettre dans laquelle Glé-Glé exprimait son désir de vivre en bonne intelligence avec les Français. Encore le docteur n'obtint-il cette platonique satisfaction qu'en échange de consultations données au vieux roi. Le 28 décembre, il quittait Abomey où la populace, surexcitée par les massacres rituels des grandes coutumes, devenait menaçante.

Deux jours après une crise suprême enlevait enfin sa très-alcoolique majesté Glé-Glé.

L'investiture de Kondou en qualité de souverain du Dahomey trouva une vive opposition parmi les conservateurs à tous crins du royaume. Une loi organique éloignait en effet de la couronne tout prince « qui aurait vu la mer ». Or, au cours de l'incursion dirigée contre nos factoreries de Porto-Novo, Kondou s'était trouvé en présence du flot atlantique : toutefois on avait remarqué sa précaution de ne point s'y mouiller les pieds. « Sans doute, déclara l'astucieux prétendant, j'ai approché de la mer... mais dès qu'on me l'a signalée, j'ai fermé les yeux. » Cette déclaration, appuyée d'un serment solennel, confondit l'opposition; Kondou prit le nom de Behanzin, et le surnom de Hossu-Booulé, « le roi Requin », et fêta son avènement par une hécatombe humaine sans précédentes.

Ces fêtes étaient à peine terminées que Behanzin se livrait aux préparatifs d'une nouvelle campagne contre nous. M. Bayol, tenu au courant de ce qui se passe, demande en toute hâte de sérieux renforts à Saint-Louis et à Libreville, puis il intime l'ordre au gouverneur dahoméen de Kotonou et à sa suite de venir à la factorerie Régis pour tenir palabre avec lui. Aussitôt arrivés les noirs sont arrêtés pour servir de garants de la sécurité des Européens détenus par leur roi. L'arrivée de trois compagnies de tirailleurs et d'une demi batterie de 4, sous les ordres du capitaine Terrillon, permet d'entrer aussitôt en campagne. Le *Sané* et l'*Emeraude* appuient de leurs obus la marche de la colonne. En un mois, on livre onze batailles aux 20.000 guerriers ou amazones de Behanzin; plus de 2.000 morts ou blessés restent dans la brousse. Le 4 mars, les Dahoméens essaient de surprendre Kotonou : mais la garnison et la flottille les écrasent sous un feu terrible de mousqueterie et d'artillerie; 600 amazones avec leur colonelle restent sur le carreau. En avril, retour offensif de

l'ennemi que des maisons de Lagos viennent de pourvoir
de fusils à tir rapide. Mais la petite troupe française ne
compte plus que 700 soldats; elle se contente de se maintenir victorieusement à Porto-Novo et Kotonou; il eût fallu
au moins 2.000 hommes pour marcher sur Abomey. A
Bedji les hordes de Behanzin viennent s'abîmer sur nos
carrés qui battent en retraite face arrière. A Atchoupa
1.500 Dahoméens jonchent le sol de leurs cadavres. Les
obus du *Sané* passent par-dessus Wyddah pour disperser
les débris de l'armée dahoméenne.

Reconnaissant son impuissance, mais résolu à prendre
plus tard sa revanche, le roi Réquin renvoie les otages qu'il
détient et demande la paix. En échange de son engagement formel de respecter les protectorats français de·Porto-
Novo et Kotonou et de renoncer à la traite des esclaves et
aux grandes coutumes, le gouvernement français a la faiblesse de lui promettre une rente annuelle de 20.000 francs
(traité du 3 octobre 1889).

Il devait avec notre argent acheter aux traitants allemands de Wyddah et du Cameroun les armes et les munitions nécessaires à la prochaine reprise des hostilités.

Quelque illusion qu'on voulût bien se faire chez nous
sur la valeur des engagements de Behanzin, il était de
toute évidence que le monarque ne devait point pousser le mépris de ses intérêts jusqu'à troquer contre nos
20.000 francs le produit des douanes et de la traite des
esclaves, qui représentait au bas mot pour lui·un revenu
de 300.000 francs. Il emploie les deux années qui suivent la
conclusion du traité de dupes auquel nous avons souscrit,·
à recruter des guerriers d'après les procédés chers à Samory et à reconstituer són artillerie qui jusqu'alors se composait de six mauvais petits canons de fonte.

Le 26 mars,·les Dahoméens apparaissent sur nos territoires de Porto-Novo et y détruisent trois villages. M. Ballot, lieutenant-gouverneur, se porte à leur rencontre avec
la chaloupe canonnière *la Topaze* et voit·son embarcation
criblée de balles. Le gros de l'armée ennemie passe

l'Ouémé : bientôt 1.200 noirs bloquent notre petite garnison de Porto-Novo.

Cette fois le parlement n'hésite plus : il vote d'urgence tous les crédits nécessaires pour faire respecter le drapeau ; et, le 9 août 1892, les opérations militaires débutent

par une brillante action combinée de la flotte et d'une colonne de 300 tirailleurs sous les ordres du commandant Stephani. Tandis que le *Talisman*, le *Héron* et l'*Ardent* saccagent de leurs obus Wyddah, Avrekété et Godomey, et que l'*Opale*, l'*Émeraude* et la *Topaze* (à qui le gouvernement anglais a ouvert, avec une courtoisie dont il convient de lui rendre hommage, la lagune de Denham) incendient Zobbo et Abomey-Kalavy, nos tirailleurs, après un combat acharné de dix heures, mettent en déroute près de Zobbo, un corps de 2.500 dahoméens.

Le 10, le colonel Dodds, commandant en chef du corps expéditionnaire parti de France, pouvait, grâce aux admirables mesures d'approvisionnements prises par M. Ballot, jeter en avant ses 1.300 hommes, bien-

,PRINCESSE DAHOMÉENNE

tôt renforcés de 800 soldats de la légion étrangère, de 20 spahis et d'un détachement du génie. La flotille des canonnières devait remonter l'Ouémée et servir de base d'approvisionnements et de ligne d'évacuation pour les malades et les blessés.

La résistance s'annonçait comme devant être particulièrement vive : aussi, pour diminuer les fatigues de sa co-

MARCHÉ DE PORTO-NOVO

lonne, déjà exposée au redoutable danger d'un climat meurtrier, le colonel eut-il recours à 2.500 porteurs recrutés non
sans peine par M. Ballot dans les états de Tofa. Cependant
l'ennemi demeure invisible, il nous laisse passer le déver-
soir de la lagune, sur un pont de chevalets, sans inquiéter
cette manœuvre toujours dangereuse. Le 18, on campe sans
avoir encore brûlé une cartouche. Le réveil devait sonner
le 19 d'une manière plus tragique.

Il était à peine 5 heures du matin et les grand'gardes,
fatigués d'une faction dont rien n'avait coupé la monotonie,

HABITATION DAHOMÉENNE

allaient se replier quelques instants avant la diane, quand
soudain de tous côtés la brousse s'illumine de l'éclair des
fusils, et un corps d'environ 4.000 Dahoméens se précipite
sur le camp encore endormi. D'un bond ils arrivent jusqu'au poste de garde; le lieutenant Badaire est tué raide
au moment où il passait ses brodequins; le commandant
Faurax rassemble en toute hâte sa légion étrangère et
charge à la baïonnette l'ennemi qui s'apprête à mettre le
feu aux tentes; il tombe à son tour mortellement blessé.
Mais du moins l'énergie de sa contre-attaque a permis à
nos lignes de se former, et les Dahoméens reculent sous
les salves discontinues qui fouillent la forêt sur une lon-

gueur d'un kilomètre. L'ennemi se reforme dans un ravin;
le « bigo » Geo-Beo, (général en chef et frère de Behanzin)
agitant d'une main la queue de vache insigne de son commandement, frappant de son sabre ceux qui tournent le
dos à nos troupes, interpelle violemment ses amazones :
« Vous aviez pourtant juré au roi de vaincre ! en avant !
Koïa ! Koïa ! Dahomé ! » Mais nos compagnies ne lui laissent pas le temps de préparer une nouvelle attaque; le
ravin est criblé de balles et d'obus; les bandes de Behanzin
disparaissent abandonnant morts et blessés.

Behanzin, comprenant que le but visé par le colonel
Dodds est Abomey, sa capitale, concentre toutes ses forces
sur les bords de l'Ouémé pour nous en disputer le passage.
Nos canonnières *Corail* et *Opale*, vont se poster au coude
de Tohoüé d'où elles repoussent l'ennemi qui occupe les
deux rives. Les pirogues les y rejoignent le 1er octobre et
le lendemain, dès le point du jour, jettent la colonne sur la
rive droite du fleuve.

Cette tactique avait permis au commandant en chef d'éviter les marécages pestilentiels qui protègent du côté du
sud la ville sainte de Cana. Néanmoins la route qu'avaient
à franchir nos troupes était particulièrement dangereuse
et pénible : il fallait s'ouvrir le chemin dans la brousse à
coups de sabre. Chaque buisson cachait une poignée d'ennemis; il y en avait même de cachés dans les arbres qui
visaient principalement les officiers, et cernés, refusaient
de se rendre : il fallait les abattre comme des gorilles. Pendant cinq jours de suite, les Dahoméens ne reculent que
pas à pas, se repliant sur la forte position de Kotopa qui
couvre à la fois Cana et Abomey.

Le corps expéditionnaire a déjà perdu plus de 600 hommes terrassés par les balles ou la fièvre. Aussi le commandant Audéoud arrive-t-il fort à propos avec 600 soldats
et 2.000 porteurs. Behanzin, qui de son côté a constaté le
terrifiant effet de nos feux de mousqueterie et de nos obus,
envoie un parlementaire pour ouvrir des négociations. Le
colonel Dodds lui fait répondre qu'il ne demande pas mieux
que de s'expliquer, mais seulement à Abomey. On se bat

du matin au soir, pendant les trois premiers jours de novembre. Le 4, Behanzin se met à la tête de ses amazones
et des 6.000 guerriers qui lui restent et se lance héroïquement sur nos lignes. Après trois assauts furieux qui lui
coûtent près d'un millier d'hommes, il se retire avec les
débris de ses guerrières dans le village de Dioxoué qui
est enlevé à la baïonnette. L'élan de nos troupes avait été
splendide. Le 5 novembre, le colonel Dodds télégraphiait

LA RÉSIDENCE FRANÇAISE D'ABOMEY

au ministre de la marine : « Je n'ai jamais eu l'honneur
de commander à de plus admirables soldats. » Un second
télégramme du 6 novembre apprenait à la France que la
ville sainte de Behanzin était entre nos mains. « La nomi-
nation du colonel au grade de général de brigade lui ex-
prima la reconnaissance du pays. »

Mais Behanzin, qui avait pu gagner Abomey, se hâtait
de la mettre en état de défense avec les dernières recrues
levées dans l'arrière-pays. A peine les troupes fraîches que
le *Mytho* vient de débarquer à Kotonou ont-elles rallié le
corps expéditionnaire, que le général se porte rapidement
sur le nord d'Abomey pour couper la retraite au roi Be-

quin. Celui-ci nous attendait sur la route de Cana à la capitale. Se voyant pris de dos et de flanc, il quitte son palais fortifié de Goho et disparaît. Quand, le 17 novembre, notre avant-garde arriva en vue de la capitale, elle se trouva en face d'un immense brasier : Behanzin avait mis le feu à ses palais et à ceux de ses cabécères.

Les troupes françaises ne séjournèrent que dix jours

LE GÉNÉRAL DODDS

dans la partie de la ville épargnée par l'incendie; une compagnie d'infanterie de marine et 4 compagnies de sénégalais demeurèrent seulement dans le palais de Goho, tandis que le reste du corps expéditionnaire allait prendre possession de Wyddah, Godomey et Avrékété qui ouvraient leurs portes sans résistance aux commandants Riou et Audéoud.

Le 3 décembre 1892, le général Dodds plaçait le royaume

de Dahomey sous le protectorat exclusif de la France; toutefois les territoires du sud étaient annexés aux colonies françaises de Porto-Novo et Kotonou.

Mais il ne fallait pas se dissimuler qu'aussi longtemps que Behanzin tiendrait la campagne, la paix serait impossible. Il s'était retiré vers Atchéribey où il réussissait péniblement à armer quelques milliers d'hommes. Le général Dodds, revenu en France, obtient des Chambres un nouveau crédit de 7 millions pour compléter son œuvre. C'est en vain que quatre ambassadeurs dahoméens viennent à Paris pour défendre la cause du despote. Pendant qu'ils se heurtaient aux portes obstinément fermées du ministre des affaires. étrangères, quatre oncles et huit frères de Behanzin, abandonnant en pleine brousse leur dangereux parent, venaient faire leur soumission.

Le 15 janvier, le général Dodds de retour sur le théâtre de la guerre prononçait la déchéance du tyranneau et mettait à sa place sur .e trône d'Abomey son frère Agogliagbo. Traqué comme un lièvre de buisson en buisson par une colonne volante, abandonné de tous les siens, Behanzin venait bientôt se constituer prisonnier entre les mains du chef de poste d'Ajago. La France, toujours généreuse, oubliant les odieux massacres du roi Requin, l'envoya jouir à la Martinique d'une retraite aussi honorable que peu méritée.

Devenu colonie française, le Dahomey fut confié à la patriotique administration de M. Ballot qui, dans cette glorieuse campagne, avait été l'organisateur de la victoire.

CHAPITRE VII

Dans la Boucle du Niger

L'organisation prématurée du Soudan en gouvernement civil de l'Afrique française occidentale entraîne, dès 1894, une modification absolue dans la méthode de pénétration des territoires enclos par le Niger. Aux expéditions militaires succèdent des missions dites topographiques ; confiées en général à de jeunes et intrépides officiers elles constituent pour eux une rude école de calme bravoure, de persévérante prévoyance, d'énergique diplomatie. Elles partent les unes du Sénégal, les autres des Rivières du Sud ou de la Guinée française, d'autres de la Côte d'Ivoire, parfois du Dahomey. Toutes trouvent l'appui le plus précieux auprès de ces admirables gouverneurs que sont MM. Ballay à la Guinée, le Dr Ballot au Dahomey, Binger à la Côte d'Ivoire... Fortes en général d'une centaine de porteurs que protège tout au plus une compagnie de tirailleurs sénégalais, elles relèvent avec un soin scrupuleux la topographie des régions où elles s'enfoncent, étudient leurs ressources économiques, fixent les lignes encore incertaines de ces voies de pénétration que sont le Cavally, la Comoë, le Bandama, les Volta, l'Ouémé, etc. ; elles entrent en relations avec les roitelets nègres, s'appliquent à apaiser leurs éternelles vendettas, s'efforcent d'en obtenir des traités de protectorat, inspirent partout le respect du drapeau français.

Toutefois en présence des dangers que font courir à nos établissements les incursions des Touareg au nord et la puissance renaissante de Samory au sud, le gouvernement englobe sous le nom de territoires militaires les contrées de la boucle du Niger qui par leur distance échappent à la surveillance des gouverneurs du Sénégal, de la Guinée, de la Côte d'Ivoire et du Dahomey et confie à un lieutenant gouverneur militaire, en résidence à Kayes, la défense

GÉNÉRAL DE TRENTINIAN

de nos intérêts dans ces fins fonds de notre domaine africain. M. le général de Trentinian aura dès lors le grand honneur de veiller au rétablissement de notre prestige diminué par la trop longue indécision à laquelle a été condamnée l'administration civile de notre Afrique Occidentale.

Le Dahomey était à peine devenu colonie française que déjà l'Angleterre essayait de nous couper du côté de l'est

l'accès du Niger au profit de son hinterland du Lagos. Pour
ne pas arriver les derniers sur le fleuve, il fallait agir vite
et établir notre protectorat sur un immense pays peuplé
d'un mélange d'agriculteurs peulhs, de guerriers baribas,
et de commerçants haoussas.

En 1893, le commandant Decœur franchissait les frontières septentrionales de l'ancien royaume de Behanzin, et,
en présence de M. Ballot, fondait sur l'Ouémé, chez les
musulmans Baribas, le poste de Carnotville qui devait servir de base d'opération vers le nord. De là on gagne Nikki,

LE NIGER A KOULIKORO

capitale du Borgou, dont le sultan met ses états sous
notre protectorat, après avoir refusé tout arrangement au
capitaine anglais Luggard, qui lui a rendu visite peu de
temps auparavant. L'année suivante, nous atteignons
Boussa sur le Niger. En 1894, tandis que le commandant
Decœur nous crée des droits sur la région occidentale du
Borgou, dont Sansanni-Mango est le centre, puis sur les
pays du Gourma qu'essaie de pénétrer une mission allemande, le lieutenant Baud s'avance vers le nord à marches forcées et rejoint le Niger à Say, ville qu'aucun Européen n'avait visitée depuis Monteil. Son chef vient bientôt
l'y rejoindre, et le plan de la mission allemande, chargée
d'englober le Gourma dans le Togoland, se trouve ainsi

déjoué. M. l'administrateur Alby travaillant parallèlement
à MM. Ballot et Decœur, remporte de nombreux succès diplomatiques dans le Borgou septentrional, pénètre dans le Mossi oriental, puis dans le Gourma dont les
chefs passent avec nous des traités définitifs de protectorat.

En 1894-1895, le capitaine Toutée longeait la frontière
orientale du Dahomey jusqu'au 9ᵉ parallèle, atteignait le
Niger, à Badjibo, et élevait en face de ce village Fort
Arenberg. Puis il remontait le fleuve jusqu'à Zinder et

LIEUTENANT DE VAISSEAU HOURST

le redescendait jusqu'à Boussa, naufrageant ou s'échouant
quatorze fois dans les rapides.

Au lieutenant de vaisseau Hourst revient l'honneur
d'avoir le premier accompli la descente du Niger, depuis
son point de navigabilité supérieure jusqu'à son embouchure — d'avoir coordonné les travaux de nos premières
missions sur le haut fleuve et ceux de Barth, de Mizon et
de Toutée sur son bief inférieur par la reconnaissance des
vastes régions encore inexplorées du Bouroum et du Son-
ghay.

Les nouvelles missions du gouverneur Ballot et du lieutenant Vermeersch, en 1896, jettent bas les derniers voiles qui couvrent encore l'arrière pays dahoméen. Enfin en 1897, le capitaine Bretonnet parcourt en tous sens le pays bariba, débouche à Ilo sur le Niger, descend le fleuve en passant des traités avec les sultans riverains et occupe effectivement Boussa, malgré les protestations d'un mercanti nègre qui se dit agent de la compagnie anglaise du Niger... sans savoir bien au juste ce qu'est cette compagnie, et à plus forte raison l'Angleterre.

Tous ces explorateurs du pays dahoméen et du Niger apportèrent une puissante contribution à la défense de nos droits menacés par l'avidité britannique et si bien défendus d'autre part par l'héroïque Mizon, dont nous exposerons l'œuvre admirable dans un chapitre ultérieur, quand s'ouvrirent les débats préliminaires à la convention anglo-française du 14 juin 1898 qui a définitivement réglé le différend de frontières entre la Nigéria occidentale et le Dahomey.

Le gouverneur Ballot et ses dévoués auxiliaires Decœur, Alby, Vermeersch et Bretonnet ayant ainsi réussi à arrêter la marche des Allemands et des Anglais vers le Niger et à nous réserver la liberté de nos mouvements dans la boucle, le colonel de Trentinian obtient non sans peine du gouvernement l'autorisation de procéder à l'occupation définitive de ces merveilleux territoires qui constituent le Macina oriental, le Yatenga, le Liptako, le Mossi septentrional et le Gourounsi, pays que limite à l'ouest, au nord et à l'est la courbe du grand fleuve africain. Au commandant Destenave, résident du Macina, échoit la tâche d'exécuter le plan arrêté par son chef. Nul mieux que lui d'ailleurs ne connaissait ces régions dont il avait personnellement parcouru la partie occidentale et dont les lieutenants Voulet et Chanoine, ses subordonnés, avaient en 1896 exploré la partie orientale avec une méthode et un succès qui ont fait la juste renommée de ces malheureux jeunes gens, dont la belle carrière devait plus tard se briser dans un des plus épouvantables drames dont le Soudan ait été le théâtre.

La colonne Destenave, forte d'environ 700 hommes, se met en route en janvier 1897. Le Yatenga qui occupe exactement le centre de la boucle du Niger et qui est le plus peuplé, le mieux cultivé, le plus commerçant et le plus riche de toute l'Afrique occidentale, était aux mains de nos ennemis les Samos. Une série de brillants combats conduit nos troupes devant Ouagadougou, dont le Naba nous ouvre les portes en nous demandant son pardon ; cette place est

CAMPEMENT DE TOUAREG

mise aussitôt en état de pouvoir défier toute attaque. Après s'y être ravitaillée, la mission, dont le lieutenant Chanoine a été détaché pour gagner le Gourounsi et mettre une mission anglaise en présence d'une occupation française effective, marche sur Dori, ville sainte de l'Islam noir, qui est la clef des pays du nord et de l'est de la boucle. « Celui qui est maître de Dori, dit une tradition en honneur chez les marabouts, tient les Touareg et tous les pays jusqu'à Say et peut commander sur la rive gauche du Niger jusqu'à mi-route du Tchad. »

Une marche méthodique sur deux colonnes inspire une salutaire prudence aux gens du Liptako qui font bon

accueil au commandant; en retour de la modération dont
il use à leur égard, ils lui jurent « que dorénavant rien
ne pourra les faire douter de la France et les détacher
d'elle ».

Une dernière étape restait à franchir pour atteindre Say:
les Toucouleurs qu'Ahmadou a entraînés jusque-là, et les
Touareg. Cisnigériens qui exploitent abominablement les
routes qui mènent à ce passage fréquenté du fleuve, abandonnent la place au capitaine Betbeder ; les uns vont chercher retraite sur la rive gauche du Niger ; les autres se

POSTE DE DORI

replient entre le fleuve et Dori, attendant la première occasion favorable de nous chasser du pays; ils croient la trouver le 6 juin.

Trois jours auparavant une reconnaissance, composée
de cinq européens, d'une pièce de 80 de montagne et de
150 fusils indigènes, était partie sous les ordres du capitaine Minvielle contre le marabout Peulh de Diagourou,
prêtre et soldat que soutenaient les bandes du targui
M'Diougui. Le 6 juin, à l'aube, la petite troupe se heurte
à une armée de 200 cavaliers et de 1 200 fantassins ran-
gée en bataille : malgré la pluie d'obus et de balles qui
décime leurs rangs, les fantassins foncent avec une audace

incroyable sur nos lignes, tandis que leurs cavaliers se
massent sur nos derrières et s'apprêtent à fondre sur nous.
Le lieutenant Bellevue voit le danger ; il demande à son
capitaine la permission de charger avec ses spahis ; elle
lui est accordée. Suivi de sa poignée de braves il se jette
bride abattue sur les Touareg. Mais l'ennemi rassuré par
sa supériorité numérique écrasante n'a pas lâché pied. Le
lieutenant est bientôt entouré d'un cercle de lances. Un
coup de feu l'atteint à la cuisse ; une lance lui laboure les
côtes; il l'arrache de ses propres mains et continue à sa-
brer. A ce moment le fils de M'Diougui lui lance son jave-
lot dans le ventre en criant : « Que le salut soit sur toi,
fils de Nazareth ! » Bellevue parvient cependant à se dégager et, malgré ses affreuses blessures, on le voit revenir la tête haute, sans casque, au port du sabre et au galop.
Il tombe évanoui dans les bras du docteur. Son intrépide
diversion a fait échouer le plan de l'ennemi ; le clairon
sonne la charge; les tirailleurs s'élancent à la baïonnette,
tandis qu'une boîte à mitraille tombe au milieu des cavaliers ; les ennemis déconcertés s'enfuient, laissant sur place
180 cadavres, vers leur ville qui flambe bientôt incendiée
par nos tirailleurs. Le soir du 6 juin, le drapeau français
victorieux enveloppait dans ses plis le cadavre de l'héroïque Bellevue qu'on ramenait à Dori. « Tandis que la garnison sous les armes rendait les derniers honneurs à ce
vrai français, un chef noir s'avançait près de la fosse ouverte et disait à nos tirailleurs : « Celui qui meurt devant
l'ennemi ne meurt pas; son nom appartient à la postérité. »

Après une série d'heureuses opérations dans le Yatenga,
le Boussansé et le Mossi, la colonne Destenave rentrait à
Kayes au mois de mars 1898, après avoir relié Ségou à
Say par une chaîne de postes, et placé sous la domination
française tous les territoires qui constituent le lien géographique naturel entre le Soudan septentrional et les deux
colonies de la côte-d'Ivoire et du Dahomey, qui sont avec
la Guinée les assises du Soudan méridional.

Depuis 1898, de simples opérations de police ont suffi
pour réprimer les tentatives de quelques dissidents aux

environs de Ouagadougou : la plus pénible fut dirigée, en février 1899, contre les gens de Gorsi dont l'inutile résistance coûta la vie à l'un de nos plus brillants officiers du Soudan, le lieutenant Grivart, foudroyé par le poison d'une javeline empoisonnée qui l'avait blessé légèrement.

La première partie du programme du général de Trentinian était exécutée : restait à réduire les Touareg et Samory.

Sans doute nous occupions solidement Timbouktou au lendemain du désastre de la colonne Bonnier ; mais en 1895 notre domination s'arrêtait encore à une portée de canon de la place. La région était dans une situation critique ; le commerce était entièrement paralysé ; les chefs touareg n'essayaient guère de s'attaquer en plein jour à nos postes ; mais, par les nuits sans lune, leurs cavaliers dirigés par un remarquable chef de partisans, N'gouna, se glissaient jusqu'à nos avants-postes et se précipitaient en furieux, parfois au nombre d'un millier, sur les solides haies d'épines au milieu desquelles nos poignées de tirailleurs avaient soin de s'enfermer chaque soir. Le lieutenant Gressart, qui pour se donner de l'air, avait entraîné ses fantassins à des marches quotidiennes de 40 à 50 kilomètres par jour sous un ciel de feu et réussi à débusquer successivement les Touareg des points d'eau indispensables à l'existence des nomades comme celle de leurs troupeaux, finit par rejoindre N'gouna au puits d'Emmela. La rencontre fut terrible ; N'gouna resta sur le champ de bataille avec tous les guerriers de sa famille ; mais cette victoire nous coûtait de nombreux tués et blessés parmi lesquels les lieutenants Lastic et Bérard.

En 1897, est confiée au commandant Klobb la surveillance des tribus touareg qui, après un an de repos, ont recommencé leurs campagnes de piraterie. Si les résultats militaires obtenus cette année-là furent considérables, ils furent d'autre part bien chèrement achetés.

Le 19 juin, notre avant-garde de cavalerie commandée par le lieutenant de la Tour de Saint-Ygest, ayant eu vent

d'un petit parti de nomades Iguadaren, se jette à sa poursuite. Les Touareg prennent chasse ; mais leur retraite
n'est qu'une feinte ; le gros de leurs forces, composé de
5 à 600 hommes montés à méhara et conduits par Abbidin,
marabout fanatique et remuant, se démasque à un signal
donné de derrière une dune de sable et se jette sur nos cavaliers. Ceux-ci parviennent à se dégager et à se replier sur le
peloton de cavalerie commandé par le lieutenant de Che-

EN COLONNE DANS LE DOMGOU

vigné qui arrive à bride abattue mais est bientôt cerné lui
aussi. Les Touareg sont trop nombreux ; à tout prix il
faut se faire jour à travers leurs rangs et rallier l'infanterie
qui n'est qu'à quelques kilomètres en arrière. Au signal de la charge les spahis, sabre en main, s'élancent derrière leurs officiers; seuls le lieutenant de Chevigné, criblé de coups de lance, le maréchal des logis de Libran et
dix spahis réussissent à se frayer passage; M. de Saint-
Ygest et le reste de nos cavaliers sont tués... « Ici se passe
une scène digne de l'antique; M. de Chevigné, mortellement atteint, ne se sentant plus la force de se tenir à
cheval, dit adieu à ses hommes et leur ordonne de l'abandonner, de fuir pour échapper aux Touareg qui galopent

derrière eux; le maréchal des logis de Libran refuse de se séparer de son chef; ensemble ils fuiront,' ou, si la fuite est impossible, ils mourront ensemble. Pour vaincre cette généreuse désobéissance le lieutenant de Chevigné, qui tenait son revolver à la main, s'achève d'une balle dans la tête. » Une lutte terrible s'engage sur son corps que les spahis exaspérés ne veulent pas laisser aux pillards ; mais les prodiges de valeur ne peuvent rien contre le nombre ; le corps de l'infortuné lieutenant doit être abandonné, et le jeune de Libran, blessé grièvement, ne peut que rallier ses hommes qu'un dernier effort vient de dégager pour

TOUAREG IGUADAREN

quelques instants. Tous ces braves, atteints de plusieurs blessures, se soutenant mutuellement en selle les uns les autres, sont enfin assez heureux pour rejoindre le détachement de tirailleurs soudanais.

Les commandants Goldschœn et Klobb tirent une première vengeance des Iguadaren en leur tuant 18 cavaliers et en leur en blessant une centaine près de Goursgaye. En mai 1898, une nouvelle colonne forte de 50 spahis et de 300 tirailleurs se met à leur poursuite ; le 14 juillet, le lieutenant Delestre les atteint avec une escouade de 40 hommes; pendant trois heures il tient tête au rezzou d'Abbidin et l'oblige à s'enfuir laissant 80 cadavres sur le sol. Surpris enfin à Zamgoï, décimés par nos balles, les Iguadaren demandent l'aman. En octobre 1898, le Madibo (grand chef) des Aouellimiden rassemble ses vassaux autour des puits du Nord. Une reconnaissance est envoyée contre lui et en vient à bout non sans peine.

De son côté le commandant Crave est chargé de mettre à la raison les gens du Diagourou (Est-Macina) et les Touareg Logomaten. Le madibo de Diagourou, voulant profiter de nos embarras avec les Aouellimiden et les Iguadaren, avait réuni les bandes de pirates refoulées loin de Dori et prêché la guerre sainte. Les Logomaten, sollicités de se joindre à lui, s'étaient concentrés dans les nombreuses îles qui parsèment le cours du Niger, entre les rapides de Kentadji et l'archipel de Sinder, et y avaient entassé armes et provisions. Une vigoureuse action fait tomber entre nos mains l'archipel nigérien ; puis la fondation des postes de Bamba, de Gao et de Sinder rassure nos protégés et éloigne momentanément de la région du Moyen-Niger les redoutables pirates qui l'infestaient.

Le danger targui n'a pas disparu pour cela. Le massacre de la mission Cazemajou nous en montre une fois de plus la redoutable permanence.

Le capitaine Cazemajou, un de nos africains les plus expérimentés, avait été chargé, en 1898, par le gouvernement d'étudier la région de Sinder et d'entrer si possible en relations avec le « serky » des Touareg nomades de la rive gauche du fleuve. Le 5 mai, le capitaine et l'interprète Olive, laissant leur petite escorte à quelque distance sous le commandement d'un sergent indigène, se rendent à l'invitation du serky de venir conférer avec lui. A peine ont-ils franchi la porte de la ville qu'une bande de barbares armés de bâtons se précipite sur eux et les assomme.

« Quelques instants après, dit le colonel Audéoud dans son ordre général porté à la connaissance des troupes d'Afrique, le sergent indigène commandant l'escorte et un tirailleur, qui s'étaient rendus sans défiance au marché, sont saisis et mis aux fers avec trois domestiques de la

mission; l'interprète Badié-Diarra et le berger sont également enlevés et emprisonnés.

« Prévenu, le caporal Kouby-Keïta prend immédiatement
le commandement, met en état de défense le campement de
la mission distant de la ville d'environ 1.200 mètres, et repousse dans la journée du 5 deux terribles assauts qui nous
coûtent 3 tués et 5 blessés. Puis il envoie dire au serky
que si les prisonniers ne sont immédiatement rendus « il
prendra et brûlera la ville ». (Sinder entouré d'un tata comptait 9.000 à 10.000 habitants, et il restait à Kouby-Keïta...
8 tirailleurs !)

« Pendant la nuit du 5 au 6, une petite patrouille
alla brûler quelques cases voisines de la ville sans que l'ennemi osât bouger. Effrayé, le serky fit rendre les prisonniers le 6 au matin, et proposa, mais vainement, aux tirailleurs de les prendre à son service. « Rendez-nous d'abord
les corps de nos chefs et ce que vous nous avez pillé, ré-
pondirent ces braves gens, et nous verrons ensuite. » Le
serky promit de rendre le lendemain matin les corps des
blancs. Les 7 et 8 se passèrent sans incidents, mais sans
que les corps fussent rendus. Dans la nuit du 8, les tirailleurs brûlèrent de nouveau et sans éprouver de résistance
quelques autres cases de la ville. Le 9 au matin, l'ennemi
prononça contre le petit camp français une furieuse attaque qui lui coûta cher, mais nous fit encore 3 blessés.
Le 14, nos tirailleurs furent assaillis par une nuée d'ennemis qui les poursuivirent jusqu'aux murs du campement;
ils furent obligés de s'y barricader. Dans cette action le
brave Kouby-Keïta fut tué d'une flèche empoisonnée. Les
munitions étaient épuisées. Il fallut songer à la retraite qui
commença pendant la nuit du 14 au 15. La poursuite ennemie dura trois jours et les débris de la mission arrivèrent
enfin, le 8 juillet, à Ilo, après des fatigues et des privations
extrêmes... Les tirailleurs de la mission ont fait plus que
leur devoir et ont prouvé une fois de plus quelle confiance
on peut avoir en leur bravoure, leur ténacité et leur fidélité. »

Pour dompter la vaste confédération de tribus pillardes

qu'on englobe sous le nom de Touareg une tactique s'impose. Le gouvernement français l'a comprise et admise. Nous avons vu plus haut comment la prise de leurs repaires d'In Salah et d'In Rhar leur a fermé les marchés du nord vers lesquels ils acheminaient leur butin; la destruction de l'empire de Rabah leur a fermé ceux du sud et de l'est. Dans un avenir peu éloigné les Touareg isolés du Figuig, leur dernier réduit, sont condamnés à se soumettre ou à périr dans le filet qui se resserre chaque jour autour d'eux comme il s'est resserré autour de Samory.

CHAPITRE VIII

La prise de Samory

Restait Samory. Réfugié dans le Kénédougou, où ses parents et quelques fidèles l'avaient rejoint, il s'était mis, dès 1893, en mesure de se reconstituer une armée parmi les Mandingues du sud-est, leur prodiguant d'abord l'or de trésors cachés, puis se livrant à son habituel mode de recrutement par la terreur. Six mois lui avaient suffi pour rassembler un corps de 10.000 nouveaux sofas et faire un charnier de toute la région comprise dans les bassins supérieurs de la Volta Noire et de la Bagoë. Etendant le cercle de ses ravages, il se dirigeait vers le sud, c'est-à-dire vers l'arrière-pays de notre colonie de la Côte d'Ivoire.

Sur ce point de la côte du golfe de Guinée, l'influence française franchissant les lagunes de la côte avait fait tache d'huile vers l'intérieur. Nos factoreries de Grand Bassam, de Presco et d'Assinie s'étaient développées et nos agents avaient pénétré assez avant dans le massif pittoresque jusqu'alors à peu près inconnu que traversent le Cavally, la Sassandra, la Bandama et la Comoë. Si nos progrès avaient été rapides à la Côte d'Ivoire, c'est que de leur mieux y avaient travaillé pour la France le gouverneur Binger et le capitaine Marchand.

Prié par le gouvernement d'assurer l'avenir politique et économique de cette région neuve dont seul jusqu'alors il avait soulevé le voile à deux reprises, en 1888 et en 1892, (cette seconde fois en compagnie de Marcel Monnier) le capitaine Binger quittait l'armée et partait avec le titre de gouverneur.

Dès 1892, il passait des traités avec les chefs des villages compris entre le Cavally et la Sassandra; en mars, il était rejoint par le capitaine Marchand qui avait fait ses premières armes en Afrique, en 1888-89, sous les ordres d'Archinard et reçu sa première blessure sur la brèche de Koundian. Le futur chef de la mission Congo-Nil arrivait à la Côte d'Ivoire pour poursuivre en commun avec son collègue et ami le capitaine Manet la réalisation d'un projet dont

VILLAGE A L'EMBOUCHURE DU CAVALLY

l'idée première leur était venue au cours de leurs précédents voyages dans le Kénédougou : la jonction du Soudan à la côte Sud par le Transnigérien, suivant la vallée de la Bandama.

Un brillant succès et aussi un deuil cruel marquent les débuts de la mission : le gros village de Thiassalé qui commande la Bandama s'est déclaré hostile; Marchand l'enlève d'assaut, et Binger y installe comme administrateur M. Pobéguin, qui doit en faire la base des opérations vers le nord. Mais le capitaine Manet, parti en reconnaissance sur le fleuve à bord du *Kinjabo*, est entraîné par les rapides et englouti avec tout son équipage. Les deux officiers s'étaient promis que s'il arrivait malheur à l'un d'eux, l'autre continuerait à poursuivre l'idée; Marchand reprit seul sa route.

Il est obligé de se maintenir dans la vallée de la Bandama orientale; celle de la Bandama occidentale était occupée par un lieutenant de Samory, ce même Sekou-Ba qui, en 1892, avait tué le capitaine Ménard et qui livrait le pays à une effroyable dévastation. Le 2 décembre, il tombe cependant sur ses avant-postes, les disperse, mais évite de s'engager plus à fond avec le gros des forces samorystes. Il reprend

LA SASSANDRA

la route du nord à travers un pays que vient de ravager de son côté le successeur de notre ancien allié Tiéba, le renégat Babemba, roi de Sikasso, devenu le complice du vieux Samory; le 12 février enfin il atteint près de Tengréla la Bagoï, principal affluent du Haut-Niger : la future voie du Transnigérien était frayée. Mais il fallait rentrer à Thiassalé en passant par Kong. Marchand, abandonné de ses porteurs, passe avec ses tirailleurs à travers une armée de Djimini fétichistes et, le 30 avril, arrive en vue de Kong où sévissait une affreuse famine. Froidement accueilli par Karamoko-Oulé, il pénétrait néanmoins dans la ville à la tête de 26 tirailleurs, entre deux haies épaisses de spectateurs qui ne cessaient de proférer contre les « nazarahs, les

sauvages du bon Dieu » les insultes que les marabouts leur
avaient enseignées.

Un grave événement vint bientôt modifier les peu ai-
mables dispositions des gens de Kong. Des envoyés de
Samory arrivèrent annonçant que leur maître voulait mettre son plus jeune fils à l'école musulmane de la ville, et,
pour faire royalement les choses, lui donner une escorte
d'honneur de 200 sofas. Marchand n'eut pas de peine à
démasquer le piège; les députés de l'almany partirent sans
rien obtenir, mais la terreur causée par leur visite resta.
Les gens de Kong avaient raison de trembler. Samory
n'était pas homme à laisser un affront sans vengeance :
aussi Marchand, tout en promettant de revenir bientôt,
hâte-t-il son départ pour éviter d'être enfermé dans la place
avec sa poignée d'hommes: il a tout juste le temps de regagner Thiassalé avant que les routes n'en soient coupées
par les sofas.

Les excellents résultats, obtenus en dix-huit mois à la
Côte d'Ivoire par Binger, étaient à ce point compromis en
juin 1897 que le gouvernement vit la nécessité d'entamer
une nouvelle campagne à la fois contre Samory et son
allié Babemba, capables à eux deux de lancer 25.000 sofas
sur nos territoires. On venait précisément d'arrêter à
Loango l'expédition prête à partir que le colonel Monteil
devait conduire dans le bassin du Nil, vers Fachoda. Ordre
est donné à cet officier de s'embarquer sans retard pour
Grand Bassam et de se porter au secours de Kong menacée.
Mais les effectifs dont il dispose sont par trop insuffisants
et il échoue dans sa mission. Le gouvernement charge
alors le commandant Caudrelier, de ramener la petite colonne à la côte en ne gardant avec lui que ce qui est stric-
tement nécessaire à la protection des postes existants.

Monteil était à peine rentré à Grand Bassam que les sofas
se jetaient sur Kong, et y tenaient garnison. Le chemin ouvert par Marchand se refermait, barré à mi-route de la
Côte d'Ivoire et du Niger par le vieil almany qui, maître
du pays de Kong, pouvait aisément tirer du Mossi et du

VILLAGE DU PAYS DE KONG

Yatenga les chevaux nécessaires à la remonte de sa cavalerie et n'avait qu'à faire un signe pour recevoir du Sierra-
Leone autant de caisses de fusils et de cartouches qu'il en
aurait besoin. Il n'était plus séparé de Thiassalé que par
une bande de forêt large tout au plus de 150 kilomètres.

L'assassinat du capitaine Braulot, attaqué avec sa mission près de Bouna par Sarakéni-Mory, au moment même

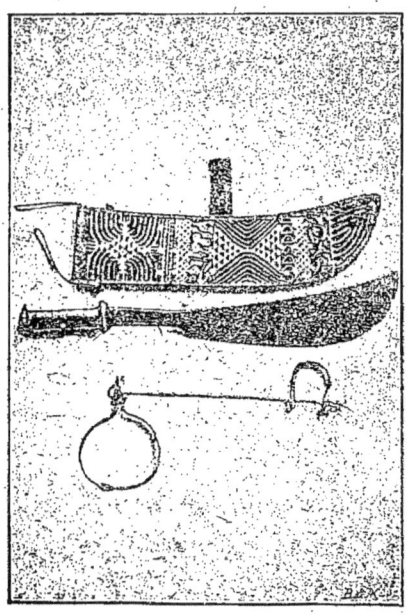

ARMES ET INSTRUMENTS DE CHASSEURS
D'ESCLAVES

où l'almany nous leurrait de ses bonnes paroles, prouva
douloureusement au colonel Audéoud la nécessité de rétablir au Soudan notre prestige bien compromis. Il rassemble, en avril 1898, 1.500 hommes avec 8 canons et marche sur Sikasso pour frapper d'abord Babemba qui a con-
seillé l'assassinat de Braulot; on n'atteint ce point qu'après
avoir livré 14 combats en 15 jours.

« Sikasso, où s'est réfugié le renégat, est une très grande
ville, entourée de deux tatas très solides, épais de sept

mètres, hauts de cinq, et séparés par un chemin de ronde
de cinquante à soixante mètres de largeur; le tata extérieur
a un développement de 10 kilomètres. Dans la partie haute
de la cité se dresse une butte qui est, en petit, la butte Mont-
martre de la capitale du Kénédougou. Sikasso compte, dit-
on, 30.000 habitants; elle dame le pion à Kong, comme
étendue, comme importance commerciale et comme chiffre
de population. »

Il fallut une action vigoureuse pour enlever cette citadelle que défendaient 20.000 fantassins et 2.000 cavaliers
bien armés. Babemba décidé à vaincre ou à mourir exci-
tait le courage des siens en leur rappelant que sa ville
avait défié Samory lui-même.

Le 2 mai, au petit jour, 3 colonnes d'assaut se portent
en avant tandis que l'artillerie précipite son tir et que les
clairons sonnent la charge. Les enceintes sont franchies et
un terrible corps à corps s'engage dans le cœur de la ville
qui tombe en notre pouvoir. Mais Babemba s'est retiré
dans son dionfoutou (citadelle) avec 800 hommes armés de
fusils à tir rapide et il refuse de se rendre. Deux pièces
de 80 sont amenées à 100 pas du mur : bientôt une large
brèche est ouverte; le commandant Pineau la franchit à
la tête de ses hommes; un court crépitement de fusils, des
hurlements de douleur... puis une détonation isolée : ceux
des sofas que nos balles n'ont pas atteints sont étendus percés de coups de baïonnettes; un cadavre est étendu à
l'écart, celui de Babemba qui s'est fait sauter la cervelle.

Sikasso était bien à nous, et sa prise affaiblissait directement et indirectement ce qui restait de la puissance de Samory désormais à la merci d'un effort décisif de la France. »

Cet effort suprême allait être donné en 1898. La chute de
la capitale de Babemba avait impressionné le vieux Samory;
depuis quelques mois la fortune semblait se tourner contre
lui : une incursion du côté des territoires anglais lui avait
coûté bon nombre d'hommes; la ruine de Babemba était
pour lui un coup d'autant plus rude que la colonne Caudrelier avait réoccupé Kong au lendemain de la conquête

de Sikasso. Après une inutile tentative pour reprendre
cette place, il s'abandonne aux conseils de ses deux griots,
Diali-Amara et Morifing-Dian, qui cherchaient depuis
longtemps à faire revenir leur maître dans le pays Tomas
dont ils étaient originaires, pays qui s'étendait au sud de
nos cercles de Kérouané et de Bissandougou. Il se dirige
donc de ce côté. Le colonel Audéoud, informé de ce mouvement, lance à sa suite deux colonnes pour le couper du

LE COLONEL AUDÉOUD

Sierra-Leone. Avec une rare habileté, il l'enserre dans un
vaste filet dont le cercle se rétrécit peu à peu. Ces opérations
étant terminées, il remet le commandement des troupes le
1er juillet, au commandant de Lartigue. Avec une précision
et une minutie qui étonnent, Samory organise sa retraite
vers le sud. Son armée comptait à ce moment environ
4.000 hommes armés de fusils à tir rapide, 8.000 armés
de vieux modèles, 2.000 cavaliers; suivaient 120.000 femmes et enfants, 8.000 captifs armés de fusils à pierre et un
troupeau de 6.000 bœufs et de 20.000 têtes d'autre bétail.

Une brillante reconnaissance du capitaine Ristori apprend au commandant de Lartigue que Samory franchit la Ferédougouba et se défile le long de la forêt vierge habitée par les cannibales Dioulas. Le 17 juillet, le lieutenant Voelffel met le désordre parmi les sofas et les jette dans la

SOFAS DE SAMORY

brousse. Il les rejoint à Nzo, sur la rive droite du Cavally, après une marche insensée de 80 kilomètres à travers marigots et marais, ses hommes ayant de l'eau parfois jusqu'au cou; il lui tombe à l'improviste sur le dos et, après un violent combat, lui enlève 500 fusils à tir rapide et 20.000 prisonniers.

Les renseignements recueillis dans le pays faisaient présumer que Samory, avec les débris de ses forces, cherchait encore à passer le Cavally pour gagner le pays libérien. L'état des chemins, rendus extrèmement difficiles par l'hivernage et jonchés de cadavres, empêchant la marche d'une colonne quelque peu importante, le commandant dut se contenter de former, pour continuer sa poursuite, une solide reconnaissance de 215 fusils dirigée par le capitaine Gouraud. D'autre part, des instructions très précises étaient donnée aux postes et aux détachements de la région pour que Samory ne pût s'échapper.

La reconnaissance se mit en route le 24 septembre; le 26 elle ramassait à Deniléso une centaine de fugitifs errants et abrutis par les souffrances. L'état du pays était d'une indicible horreur; dans les chemins défoncés, coupés de marigots vaseux, l'air était empesté par les émanations des cadavres abandonnés; tous les villages sans exception, où trois mois auparavant les bandes féroces de Samory avaient promené la terreur, étaient à l'état de ruines lamentables, le plus souvent complètement rasés, encombrés d'ossements, de cadavres décomposés, au milieu desquels restaient encore quelques habitants hébêtés et décharnés.

Le 28, de vieilles captives abandonnées déclarent que Samory n'est qu'à une quinzaine de kilomètres en avant.

Le 29 au petit jour, le bivouac est levé; l'arrière-garde de Maré-Amara, est enlevée sans coup férir; vers huit heures, le lieutenant Jacquin et le sergent Bratières, avec une section, atteignent et traversent les premières huttes du campement où une foule sans armes, plus étonnée que craintive, les regarde défiler pendant que les tirailleurs, tout en passant, crient à ces gens de se rassurer et de se taire. La section traverse de même le village des femmes et débouche brusquement au beau milieu de l'immense campement de l'almany. La surprise est complète.

Prévenu par la rumeur qui s'est élevée dans le camp à l'apparition des tirailleurs, Samory, qui lisait le Coran devant sa case, s'est enfui précipitamment et, dans son saisissement, n'a pas eu le temps de prendre une arme dans sa case où se trouvaient pourtant plusieurs fusils et un revolver chargés. « Au bout de quelques minutes de course, le

caporal auxiliaire Faganda-Tounkara aperçoit le premier
l'almany, reconnaissable à sa haute taille et à sa chéchia
rouge serrée d'un turban blanc, qui fuit à toutes jambes.
Les tirailleurs précipitent leur course, en tête le sergent
Bratières et le caporal Gaganda-Tounkara. Celui-ci arrive
le premiers sur l'almany qui lui échappe par un brusque
crochet. Tout en courant, les tirailleurs crient : « Ilo! ilo!
(halte !) Samory ! » Voyant un blanc, Samory, à bout de
forces, s'arrête et Bratières le saisit; il s'assied à terre et
dit aux tirailleurs : « Tuez-moi ! » Le lieutenant Jacquin
arrive à ce moment avec le reste de la section; Samory prisonnier est ramené à sa case. Il était temps : de toutes
parts les sofas prenaient les armes et la situation pouvait
devenir critique. Mais Samory fait un signe et met fin à
toute lutte. »

Pendant ce temps, les autres fractions de la reconnaissance ont occupé les diverses parties du campement; les
marabouts, chefs de bandes et griots viennent se rendre
successivement. Un cavalier est envoyé à Moktar et à Sa-
ranké-Mory qui se trouvent à 12 kilomètres de là et leur
porte l'ordre de venir immédiatement faire leur soumission,
sous peine de voir mettre à mort leur père et leur mère. A
une heure, ils sont au camp, apportant leurs armes et
leurs munitions.

Quelque temps après, Samory, sous la garde du lieutenant Jacquin et du sergent Bratières, était dirigé sur Kayes;
en janvier 1899, il prenait la route de l'exil où ne le suivait que la haine des siens, et était installé, sous une rigou-
reuse surveillance, au village Congolais de N'jolé. Le
2 juin 1900, un télégramme du commissaire général du
Congo nous apprenait la mort du vieil almany.

CHAPITRE IX

L'œuvre de M. de Brazza

En 1849, la France avait planté son drapeau à l'embouchure de la rivière de Gabon et invité à venir chercher protection sous ses plis les malheureux nègres arrachés à la barbarie des négriers que nos vaisseaux pourchassaient sur l'Atlantique.

Le nom de Libreville était donné aux quelques cabanes appelées à former le premier noyau de la future capitale du Congo français.

Mais vingt-cinq ans plus tard, les gras territoires qu'arrosent le Benito, le Muni, le Gabon, le Comoë, la Remboé, l'Ogooué, le Ngoumié, et que baigne l'Atlantique du cap Saint-Jean au cap Sainte-Catherine demeuraient aussi inconnus; et Libreville eût ressemblé aux autres villages nègres d'Afrique, si l'on n'y eût vu se détacher, au milieu des huttes indigènes, une petite église et une demi-douzaine de maisons européennes.

Cependant avant que M. de Brazza vînt révéler à la France la valeur de cette immense contrée, où sa patiente énergie devait nous créer en quelques années un domaine de 800.000 kilomètres carrés, de vaillants explorateurs s'étaient éloignés de la côte basse, marécageuse et effroyablement triste, avec son éternelle bordure de lagunes frangées de hauts palétuviers, pour s'élever dans le mystère impénétrable de la forêt vierge à la végétation luxuriante, au feuillage si épais que le soleil pénètre rarement jusqu'au sol, d'où jaillissent des fougères arborescentes, où pointent

çà et là des orchidées énormes, où les lianes enveloppent
de leur gigantesque filet les lourds massifs des palmiers,
des acajous, les santals emmi lesquels bourdonnent des my-
riades d'insectes, bondissent les compagnies de singes, ja-
cassent les perruches, sanglote le gorille, barrit l'éléphant
et souffle le lourd hippopotame dérangé dans son lit de vase
par le passage de son voisin le rhinocéros. C'est auprès de
ces animaux les plus gros du globe qu'habitent, dans de misérables huttes — dont les singes ont eu le bon goût de ne
point copier la peu hygiénique architecture — les hommes
les plus petits du monde, les Akkas dont les plus hauts ont
à peine 1 m. 50 de taille. Et s'enfonçant plus avant dans
l'intérieur, nos voyageurs avaient atteint la savane qui re-
couvre tout le centre de l'Afrique équatoriale, du Tchad au
Zambèze, immenses étendues herbeuses, piquées çà et là
de bouquets de mimosas et de tristes baobabs.

Et partout des noirs anthropophages. « Chez les Bate-
kés on ne voit ni vieillard, ni aveugles, ni estropiés : au
premier signe de décrépitude, les parents invalides sont
mangés par la famille... Les Niams-Niams ne mangent pas
leurs proches; ils en troquent les dépouilles contre d'autres esclaves. Les Bengalas sont plus gourmets : trois jours
avant de manger un prisonnier, ils en attendrissent la chair,
en cassant au malheureux bras et jambes et en l'enfonçant
toujours vivant dans une mare jusqu'au menton, la tête fortement fixée à une perche pour empêcher le suicide ou
l'évanouissement. Les Pahouins se liment les dents en poin-
tes pour avoir plus facilement raison de morceaux trop co-
riaces... Les Mombouttos adorent la cuisine à la graisse
humaine; ils épicent leurs plats avec... des cheveux ! »

Parmi ceux qui, les premiers partis de Libreville, s'aven-
turèrent en pays congolais il faut citer du Chaillu, qui,
en 1859, se fit une réputation par ses chasses au gorille,
mais ne put se frayer passage jusqu'au fleuve Ogoüé qu'atteignit le premier un commerçant anglais, M. Walker.

En 1872, le marquis de Compiègne et Alfred Marche
pénètrent dans la vallée de l'Ogoüé, mais sont bien vite
arrêtés par le manque de pirogues et les guerres intestines

M. SAVORGNAN DE BRAZZA ET SON ESCORTE

qui déchirent le pays. Ils restent un an sur les rives du bas fleuve et nouent d'utiles relations avec N'Combé « grotesque tyranneau qu'ils surnommèrent le Roi Soleil, parce que le chapeau haut de forme dont il aimait à se couvrir la tête, était ornée d'une plaque de fer-blanc, ancien couvercle d'une boîte de conserves, sur laquelle était figuré un soleil ». Ce N'Combé signe un acte de concession de son territoire à la France. Grâce à l'appui du Roi Soleil, Marche et Compiègne se procurent 4 pirogues, et, en janvier 1873,

MISSION CATHOLIQUE AU GABON

commencent à remonter le fleuve. Bon nombre de tribus Okandas et Okotas leur font bon accueil et réclament alliance contre les cannibales Osyébas. Ils viennent à peine de franchir les rapides que ces derniers les attaquent : les alliés Okandas prennent la fuite, et nos compatriotes sont obligés de rejoindre la route de l'ouest. Ce fut miracle s'ils échappèrent à la mort et purent regagner la côte.

De Compiègne rentre en France pour se faire tuer en duel par un Allemand. Marche devait bientôt repartir en compagnie d'un jeune enseigne de vaisseau, noble romain naturalisé français, M. Savorgnan de Brazza, et du docteur Ballay.

On considérait à cette époque l'Ogoüé comme la plus
grande voie fluviale venant de l'intérieur du continent; certains pensaient même qu'il était un des bras du Congo et
le plus navigable d'entre eux. Brazza et le D\ Ballay re-
montent le fleuve jusqu'à sa source au prix des fatigues les
plus rudes. Puis, marchant sept mois pieds nus, au milieu
de la végétation la plus épineuse du monde, à la recherche
d'une nouvelle voie navigable qui les conduira de la vallée
de l'Ogoüé dans celle du Congo, ils découvrent l'Alima,
belle rivière de 150 mètres de large. Mais là, ils se heur-

FRANCEVILLE

tent à l'hostilité des indigènes Apfourous qu'ont exaspérés
les nombreuses fusillades de Stanley. Brazza renonce à
descendre l'Alima jusqu'à son confluent avec le Congo et
se dirige vers le nord-est. Mais le manque de vivres oblige
les deux explorateurs à se séparer : tandis que le D\ Ballay
regagne l'Ogoüé avec le gros de l'escorte, de Brazza franchit divers cours d'eau tributaires du Congo; puis il pousse
jusqu'à Okanga, sur le Liba-Okoua. « Dans ce premier
voyage de trois ans, dit M. Dutreuil de Rhins, Brazza avait
non seulement accompli une magnifique exploration, mais
encore il avait su gagner les populations si diverses de
races, de langues, de mœurs qui vivent sans lien politique

entre la côte et le bassin central du Congo ; il les avait dis-
posées à renoncer à leurs innombrables monopoles, à vivre
sous notre influence, à accepter notre direction... »

Brazza, rentré en France, apprend avec douleur les mille
détails du raid aussi meurtrier qu'audacieux accompli par
Stanley, sous le patronage de l'*Association internationale
africaine*.

Pour sauvegarder les intérêts français menacés par la
politique sans scrupules de ce conquistador moderne,
Brazza repart à la fin de 1879 pour le Congo, afin de compléter ses explorations et de fonder des stations françaises.
Cette seconde mission devait montrer la vraie voie de pénétration dans l'Afrique équatoriale : cette route suivait les
vallées de l'Ogoüé ou du Quillou, et, par l'Alima, permettait de rejoindre le Congo navigable au-dessus des trente-
deux rapides qui en barrent le cours inférieur.

Les territoires compris entre le cours de l'Ogoüé et le
Congo, depuis ses chutes supérieures jusqu'au confluent
de son grand tributaire l'Oubanghi, étaient placés sous la
domination du roi Makoko. Séduit par la douce persuasion
de Brazza, Makoko, par un traité que les chambres françaises ratifièrent d'un vote unanime le 18 novembre 1882,
cède à la France tous droits de souveraineté sur ceux de
ses états qui joignent la partie inférieure du grand bief navigable du Congo et reconnaît nos droits de protectorat sur
tout le reste. Cette double concession est sanctionnée par la
fondation de Franceville, à la naissance de l'Ogoüé, et de
Brazzaville, en amont des chutes du Congo. Ces deux
villes constituent les terminus de la route qui relie l'Ogoüé
au Congo. De Brazzaville enfin jusqu'à Liranga, 26 postes
sont échelonnés sur la rive droite du Congo pour faire la
police de la grande voie fluviale qui mène au cœur de
l'Afrique équatoriale.

Par quels moyens M. de Brazza parvint-il à donner à la
France cet empire immense ? M. Jannsen les exposait de la
façon suivante, en janvier 1886, au banquet de la conférence *Scientia*.

Après avoir retracé la conquête humaine et pacifique du

bassin de l'Ogoüé il ajoutait : « Cette conduite habile et généreuse ne vous servit pas seulement dans les pays de l'Ogoüé; elle vous valut des succès plus éclatants encore sur les rives du Congo. Là, le souvenir du passage d'un explorateur célèbre, mais d'un caractère tout différent, était encore tout vivant. Les combats sanglants livrés par M. Stanley avaient répandu partout la terreur et la haine. Vous avez su faire de ce sentiment, qui eût été pour tout autre un obstacle invincible, votre principal élément de succès. C'est là l'origine de ce traité fameux qui donna à la France le protectorat d'une contrée aussi étendue qu'elle-même et nous ouvre la navigation du plus grand des fleuves africains. Le récit que vous avez donné de vos négociations avec ces peuples peint bien les sentiments qu'avaient excités en eux les récents événements. Au moment de conclure ces traités, un des chefs Oubandja, lequel avait combattu Stanley et qui craignait sans doute que vous ne fussiez un de ses envoyés, vous prenant le bras, vous dit : « Regarde cet îlot et demande le nombre des nôtres qui y sont couchés, victimes des armes du premier blanc que nous avons vu. Il a échappé à notre vengeance parce qu'il descendait le fleuve comme le vent ! mais qu'il essaie de le remonter ! » Cependant tout finit par s'expliquer et la défiance fit place alors à un sentiment tout opposé, au désir de se placer sous notre protection. On creusa un trou dans le sol, et chacun vint y jeter son arme; puis on y planta un arbre, symbole d'abondance et de paix. Un des chefs prenant la parole : « Nous enterrons la guerre, dit-il, et nous l'enterrons si profondément que ni nous, ni nos enfants ne la verrons surgir, et l'arbre qui croîtra ici témoignera de l'alliance entre les noirs et les blancs. » — « Et nous aussi, nous enterrons la guerre, dites-vous à votre tour; puisse la paix durer autant que cet arbre ne produira pas le fer et la poudre ! » Vous leur remîtes alors un drapeau français; tous voulurent en avoir, et, pour ajouter de la valeur à cet emblème, chacun vint avec le sien toucher le vôtre. Vous aviez si bien conquis les cœurs qu'il vous suffit de laisser à la garde de votre drapeau un seul français, l'énergique sergent Malamine, qui était si respecté et dont la voix était si écoutée qu'il eût pu rassembler en un instant toutes les tribus. »

Et si l'on veut savoir les services rendus au commerce dans ces régions d'une richesse insoupçonnée, mais jusqu'alors irréalisable par l'absence de tous moyens de communications, écoutons M. de Brazza lui-même.

« Après avoir pacifié sans violences les Faus ou Pahouins, race belliqueuse et cannibale qui, venue du nord-est, avait envahi peu à peu le bassin de l'Ogoüé, j'ai dit aux Adoumas et aux Okandas. « Je vous donne la sécurité contre les attaques des Pahouins; en échange je vous demande la rémunération de ce service : chaque homme valide des tribus riveraines doit à la mission deux mois de service par an, pour le service des pirogues et le ravitaillement des postes. Or ils descendent le fleuve à vide; ils ont le droit d'y placer les produits de leur pays. A la côte ils échangent ces produits contre des cotonnades, des couteaux, etc.; et à la remonte, chaque homme ayant droit au transport de 3 kilogrammes de marchandises, ils rapportent dans leur pays la valeur du caoutchouc, de l'ivoire qu'ils y ont pris. Ils touchent en outre une solde pour leur service. En un mot, d'opprimés qu'ils étaient autrefois par les Pahouins, ils forment un peuple travailleur et libre. Les Pahouins, voyant les Adoumas s'enrichir chaque jour, se sont soumis au régime de l'inscription. Ce système fut étendu de l'Ogoüé sur le Congo: les Apfourous sont chargés de transports sur l'Alima. Quand un village refuse de se soumettre à l'inscription, on le met simplement en interdit, et le sauf-conduit délivré aux autres lui est refusé; tous les villages voisins s'enrichissant à leurs dépens; les rebelles ne mettent pas six mois avant de venir à résipiscence. Le commerce le plus important est celui des défroques; les vieux uniformes, les armes démodées, tous les rebuts de la mode font les délices de l'Afrique. La race noire est dans la famille humaine vis-à-vis de la race blanche comme ces enfants qui, dans les familles économes, achèvent d'user les vieux vêtements de leurs grands parents. »

RADE DE LIBREVILLE

M. de Brazza eut à lutter non seulement contre les difficultés inhérentes à la nature africaine, mais aussi contre la concurrence malveillante et déloyale de l'Association internationale, contre les prétentions du Portugal qui, à l'incitation de l'Angleterre, revendiquait la souveraineté du bas Congo en vertu de vieux droits datant de l'époque de Jean IV; enfin, contre la propagande des missionnaires Anglais. Aussi M. de Bismarck et Jules Ferry, au nom de

FACTORERIE DE LIBREVILLE

leur pays dont les intérêts étaient communs en la circonstance, provoquèrent-ils la conférence de Berlin dont l'acte général, signé le 26 février 1885, proclama la liberté du commerce sur le Congo et ses débouchés naturels comme sur le Niger, supprimant les monopoles que les compagnies anglaises et portugaises s'étaient efforcées d'instituer à leur profit. Les conventions de 1887 et 1895, entre la France et l'Allemagne et entre la France et le Portugal, ont confirmé la France dans la possession des bassins de l'Ogoüé et du Quillou, avec une façade de 800 kilomètres sur l'Atlantique. Dans le bassin du Congo, si nous renoncions à posséder les bouches du fleuve, nous restions maîtres de toute la rive droite de Manyanga, en aval de Brazzaville, jusqu'à Lirangha, au confluent de l'Oubanghi, sur 650 kilomètres de façade. Au delà, le pays inconnu devait appartenir à la puissance qui, la première, l'occuperait effectivement : la France, l'Allemagne, l'*Association internationale africaine* qui venait de transformer politiquement ses territoires d'influence sous le nom d'Etat indépendant du Congo, allaient à partir de ce moment rivaliser d'initiative et d'énergie pour étendre leurs domaines vers les profondeurs inexplorées du continent noir.

CHAPITRE X

Sur les routes du Tchad

Si l'on trace sur une carte d'Afrique une série de lignes médianes, coupant perpendiculairement à leur façade maritime l'Afrique Mineure, le Sénégal, le Soudan et le Congo français, on obtient un triangle d'intersection qui enclôt le Tchad.

Qu'est-ce exactement que ce lac et la région qui l'environne ? Certes il n'y faudrait pas voir un Eldorado : « Le Tchad n'est même pas un lac pittoresque; le moindre de nos lacs alpestres vaut mille fois une pareille nappe d'eau. C'est un étang, presque un marais, tant il est encombré d'îles et de roseaux. Le Tanganiyka, le Victoria sont les berceaux de deux grands fleuves, le Nil et le Congo; le lac Tchad n'est que le lit de mort de deux fleuves divisés par le désert, le Chari et le Yéou... Mais c'est le cœur du Soudan; celui qui possédera le Tchad sera le maître incontesté de ces régions immenses, peuplées et riches dont il est le centre géométrique ».

Montéil eut le premier l'honneur de pénétrer jusqu'au Tchad; il fut le pionnier de l'œuvre. A Crampel revient l'honneur de l'idée géniale et simpliste de réunir par la conquête de ce lac toutes nos possessions françaises d'Afrique; et il fut le martyre de l'idée.

Paul Crampel était l'âme de cette pléiade d'africains qui comptait entre autres Mizon, Harry Alis, etc., et qui se réunissait presque chaque soir dans le salon de Mme Crampel, non pour se bercer du rêve des au-delà afri-

cains, mais pour travailler avec une scientifique méthode
à la solution des grands problèmes coloniaux pour lesquels
la masse se passionnait sans les bien comprendre. Aisance,
affection, repos, Crampel n'avait point hésité un seul instant à tout quitter pour reprendre l'âpre lutte qu'il avait
déjà menée quelques années auparavant dans le bassin de
l'Ogoüé, sans songer un seul instant que le martyre est souvent la consécration de l'apostolat.

PAUL CRAMPEL

A Loango s'étaient achevés, en juillet 1890, les derniers
préparatifs de l'expédition et le départ avait lieu le 10 pour
Brazzaville. Crampel a emmené avec lui M. Nebout, qui doit
s'occuper du recrutement des porteurs et de leur surveillance, M. Lauzière, ingénieur des arts et manufactures,
collaborateur scientifique de la mission, M. Biscarrat chargé
du commandement d'une escorte de 30 laptots sénégalais,
M. Orsi qui doit seconder M. Nebout, Mohamed-ben-Saïd,
étudiant en médecine et interprète arabe, un guide targui
Ischekadd-ag-Rêli et une jeune négresse Niarinzhe.

Ralentie par mille déboires qui auraient découragé les

moins superstitieux, la mission n'atteint Bangui qu'à la fin de septembre, et c'est seulement le 3 octobre que l'avant-garde dit adieu à ce poste le plus éloigné de ceux que, sur la terre d'Afrique, le drapeau tricolore caressait alors de son étamine.

Chez les N'Dris, l'expédition trouve bon accueil; mais elle assiste à de hideuses scènes de cannibalisme. Trois des porteurs ont déserté. Deux jours après « un des chasseurs de la colonne, qui s'est éloigné de quelque cent mètres du campement se trouve en présence de quatre indigènes ; il s'effraie et tire à bout portant un coup de fusil sur l'un d'eux, prétendant que les noirs lui ont lancé une sagaie et ont essayé de le saisir. Nebout arrive aux cris; il voit sur les feuilles, à terre, de larges taches de sang; sur une feuille même de petits morceaux de chair sont restés atta-

OBAMBA

chés; le N'Dris a dû recevoir une effroyable blessure et être emporté par ses compagnons. Biscarrat s'élance à leur poursuite avec les sénégalais; arrivé au village voisin, il n'y trouve qu'un vieux sauvage assis devant une marmite; dans ses mains le vieux tient une tête humaine et la gratte avec un couteau. Biscarrat prend la tête et continue sa marche. Dans un autre village il trouve une autre marmite dans laquelle mijotent une main et d'autres morceaux de chair humaine : c'est tout ce qui est retrouvé des trois déserteurs; le reste était déjà digéré. »

Mais avant de quitter définitivement la région du Bangui, le gros de la mission est obligé de châtier les Bouzérous.

qui infestent le pays; ces barbares sont repoussés, et leurs cases brûlées. Puis, en novembre, une petite expédition s'embarque sur l'*Alima* pour venger le chef de poste Musy qu'ont assassiné avec ses compagnons les cannibales de Salanga. On offre d'abord la paix aux païens à condition qu'ils restitueront les armes volées aux victimes; les noirs se jettent à l'improviste sur la mission: tout le monde heureusement est sur ses gardes, et les Salangas expient cruellement leur traîtrise.

L'ALIMA

En décembre, la mission embarque sur des pirogues que conduisent avec une rare habileté les rameurs Banziris; elle arrive ainsi à Bembé d'où, après avoir fêté le 1er janvier 1891 avec la dernière bouteille de champagne, elle s'élance vers l'inconnu, vers le Tchad.

Les relations qu'elle entame avec les peuplades encore ignorées des Langouassis lui donnent un avant-goût des tribulations qui lui sont réservées. M. Biscarrat est obligé de repousser à coups de fusils les entreprises de ces voleurs, dont les villages disséminés dans la plaine ont pourtant, avec leurs belles plantations de manioc, de mil et de pa-

tates, un air d'aisance et de probité. Le 12 janvier, M. Ponel, un des lieutenants de M. de Brazza, rejoint la petite colonne et avise Crampel que deux missions, l'une allemande
et l'autre anglaise, font diligence vers le Tchad. Crampel,
pour gagner de vitesse les missions rivales, prend les devants, laissant en arrière M. Nebout. Il traverse sans encombre le pays des N'dakwas, conjure par son énergique
fermeté et sa douceur le mauvais vouloir des N'gapous et
arrive au village d'El Kouti, dont le sultan musulman

VILLAGE DE L'OUBANGHI

Snoussi l'accueille avec une bonhomie dont il attend les
plus heureux effets. Mais bientôt la cupidité de son hôte
s'éveille à la vue des marchandises du blanc. Crampel sent
le danger qui le menace; il fait savoir à MM. Biscarrat
et Nebout de le rejoindre au plus tôt. M. Nebout s'apprête
à rallier El Kouti, quand une terrible nouvelle lui parvient.
    « C'est fini, écrit-il !... La catastrophe est arrivée.
M. Crampel est mort ! Ben Saïd est mort, M. Biscarrat
est mort. Tous mes camarades sont assassinés !... Il y a
deux jours, un Loango de la troupe Crampel, qui avait pu
s'enfuir d'El Kouti et rallier le camp de Biscarrat, raconta
à celui-ci ce qui s'était passé chez les musulmans. Crampel

et Ben Saïd, invités par Snoussi à venir le voir, s'étaient rendus au village désigné pour le rendez-vous. Frappés traîtreusement à coups de couteau, ils sont achevés à coups de fusils; puis, dépouillés de leurs vêtements, ils sont traînés nus dans la brousse et abandonnés... Deux sénégalais veulent prendre leurs fusils; ils tombent avant de pouvoir en faire usage; les autres sont saisis et enchaînés ainsi que les porteurs.

« Le Loango informe en même temps Biscarrat qu'il a à ses trousses une nombreuse troupe de musulmans qui se tient cachée dans les environs... Dans la nuit du 24 au 25, ceux-ci sortent de leur cachette et se précipitent sur la case du malheureux Biscarrat; avant que le Français ait pu dégager son revolver, il est frappé d'un coup de couteau par un N'gapou qui a montré le chemin aux musulmans. Les sénégalais ne sont pas inquiétés, mais leurs fusils leur ont été enlevés avant même qu'ils aient pu rompre les faisceaux. L'occasion se présente à eux de s'enfuir : ils refusent héroïquement, déclarant qu'ils sont des soldats et qu'ils auraient honte de reparaître devant leurs camarades sans leurs armes. »

La première pensée de M. Nebout, qui devait être le seul survivant français de la mission, fut de se jeter avec ses 8 sénégalais sur les musulmans pour venger son chef. Il reconnaît bientôt la folie d'une pareille entreprise; mais il fait le serment de revenir, si la colonie du Congo ou le gouvernement ont à cœur de châtier les assassins de Crampel. Il rejoignait bientôt l'Oubanghi, et, le 15 juillet, rentrait à Brazzaville.

Telle fut la terrible odyssée de l'héroïque Crampel. Son sang, si généreusement versé pour la France, n'a pas du moins servi à écrire seulement une page de plus dans le martyrologe africain; on peut dire qu'il a scellé l'acte de propriété de la France sur les territoires du Tchad, qui ne devaient définitivement entrer dans le domaine de la France que dix ans plus tard.

La mission Crampel n'avait point atteint Bangui que, sous

l'inspiration éclairée de M. Harry Halis, le *Comité de l'Afrique française* s'était formé à Paris pour ménager à l'œuvre de Crampel l'appui continu des pouvoirs publics et le concours financier des particuliers qui prenaient un intérêt chaque jour croissant au développement de l'Afrique française.

C'est sur l'initiative et aux frais de cette société que M. Dybowski partit de France dans les premiers jours de 1891 : il devait soutenir l'effort principal de Crampel et organiser derrière lui les pays placés sous notre influence.

INDIGÈNES DE L'OUBANGHI

Aussi la nouvelle mission emportait-elle un très important matériel pour l'installation et l'approvisionnement des futures stations.

La mission venait d'arriver à Brazzaville, quand elle reçut la nouvelle du massacre de la mission Crampel qui venait d'être anéantie. « Je ne pouvais revenir en arrière, dit le chef de la mission : j'avais comme tâche non seulement de fonder des postes derrière Crampel, mais de le rejoindre lui-même et de le secourir. Je n'eus pas d'hésitation à abandonner mon programme primitif : j'irais sur les lieux voir si réellement les blancs avaient été anéantis. » L'entreprise devait être menée avec la plus grande prudence, car les musulmans avaient enlevé à Crampel 300 fusils, 30.000 cartouches et 300 kilos de poudre. M. Dybowski accepta avec empressement la proposition de M. Nebout qui s'offrit à servir de guide à la mission, et pria l'administrateur de Brazzaville de mettre des canonnières à sa disposition pour le transporter lui, ses hommes et son matériel sur le Haut-Oubanghi. Les canonnières, mal entretenues et qu'on n'avait pas eu le temps de réparer, mirent cinquante-sept jours au lieu de vingt à vingt-cinq pour remonter le Congo et l'Oubanghi jusqu'à Bangui. « Les vivres s'épuisèrent et l'on dût s'arrêter fréquemment dans les villages Banjo, généralement hostiles, toujours anthropophages. Chemin faisant, on rencontrait de grandes pirogues où des hommes pagayaient debout, se dirigeant vers le haut fleuve : ces hommes étaient des esclaves qui se rendaient au lieu où ils devaient être mangés. »

A Bangui, il fallut quitter les embarcations à vapeur et gagner Bembé à l'aide de pirogues. Là on apprend que les musulmans qui ont anéanti la mission Crampel sont proches. M. Dybowski se met en route vers dix heures du soir pour les surprendre la nuit même dans leur campement. Après une marche pénible à travers brousse et marais, on distingue enfin à une centaine de mètres la lumière légère d'un feu de bivouac qui s'éteint. On arrive doucement à vingt mètres du camp ennemi; la crosse d'un fusil qui a heurté une baïonnette donne l'éveil à l'ennemi. Aussitôt les laptots se déploient, couvrent de leurs balles l'espace dans lequel s'agitent les Senoussi, puis chargent à la baïonnette. En un clin d'œil les musulmans sont en pleine déroute, laissant sur le terrain bon nombre des leurs, et abandonnant tout leur butin. Quelques jours après, on retrouvait chez les M'Pokos les restes de M. Lauzière, dont le corps devait être ramené en France. Il ne fut pas possible de retrouver celui de Crampel, ni d'obtenir des indigènes, assurément complices de Senoussi, des détails sur l'emplacement exact du massacre.

Peu de temps après, l'impossibilité de ravitailler la petite colonne dans un pays dévasté par les musulmans déterminait son chef à la ramener en arrière : elle avait toutefois réussi à atteindre le Chari, la principale des rivières qui se jettent dans le Tchad, et à faire signer aux tribus riveraines, vivement frappées de la vengeance tirée du meurtre de Crampel, plusieurs traités de protectorat. De retour sur l'Oubanghi, M. Dybowski y fonde plusieurs stations, explore la rivière Kémo, installe les postes de Kémo, des

Ouaddas et enfin, à bout de forces et de provisions, reprend la route de Brazzaville.

En arrivant à Loango il rencontre Maistre que le gouvernement et le *Comité de l'Afrique française* venaient de charger d'une nouvelle mission dans la région du Tchad.

Presque dans le même temps que Crampel s'acheminait vers le Tchad par la vallée du Congo, son ami le lieutenant de vaisseau Mizon se mettait en route pour gagner le lac

par la vallée du Bas Niger et de son affluent la Bénoué. Il
devait s'efforcer de rejoindre le Chari et d'opérer son retour
soit par la vallée du Congo, soit par celle de l'Ogoüé.

Mizon, parti de Bordeaux le 10 septembre 1890, entrait,
un mois après dans la rivière Forcados, une des branches
du Niger, à bord de la chaloupe à vapeur le *René Caillié*
qui remorquait 5 petits canots. Le voyage faillit être
arrêté dès les premiers jours. Sur les rives du fleuve, bor-
dé de roseaux et d'ilots parfois mouvants, habitaient les
Patanis, astucieux païens pour qui l'existence semblait
n'avoir d'autre raison que le vol et l'ivrognerie. La flottille s'était mouillée, le soir du 20 octobre, contre un îlot
de verdure couvert de hauts roseaux, quand le fanal qui
seul mettait un coin de clarté dans la nuit très noire, tomba
ou fut jeté bas. Au même instant un long éclair illumine la
nuit; un feu roulant crépite de tous côtés et une pluie de
balles vient mettre en lambeaux la tente du bateau, tandis
que les tôles résonnent sous les projectiles. Bientôt 11 grandes pirogues chargées de Patanis s'efforcent d'enlever à
l'abordage les bateaux de la mission. Mizon défend à ses
hommes si brutalement réveillés de sauter à terre, les rassure en abattant le premier noir qui monte à son bord, et
leur fait ouvrir un feu roulant ininterrompu sur les pirogues
qui s'enfuient à toute vitesse de leurs pagaies. L'affaire
n'avait pas duré plus de 3 minutes; mais Mizon en avait été
la principale victime : deux coups de feu, tirés à bout portant, lui avaient brisé le bras.

Quelques jours après, il arrivait à l'entrée de la rivière
Noun, à Akassa, chef-lieu des établissements de la compagnie anglaise du Niger. Il expose à M. Flint, agent général
de cette compagnie, son intention de remonter le Niger et
la Bénoué, en vertu du droit que lui confèrent les récents
traités, pour gagner par cette voie courte et économique
les territoires placés par les conventions dans la zone d'influence de la France; et il ne lui cache pas qu'une autre
expédition française cherche par la vallée du Congo une
autre route d'accès vers les sultanats qui avoisinent le
Tchad.

En violation des stipulations formelles de l'Acte de Berlin, et par des procédés d'autant plus odieux qu'ils s'efforcent de les habiller d'une feinte courtoisie, les agents de la Nigeria font l'impossible pour faire échouer le plan de la mission française. Mizon, bien décidé à atteindre quand même son but, se soumet, non sans ironie, aux exigences des mercantis britanniques, et remis de ses blessures, quitte Akassa.

Il gagne Onitcha, où il prend quelque repos chez les missionnaires français du Saint-Esprit, s'intéressant « dans cet asile de paix dirigé par le P. Lütz, aux travaux scolaires

LE NIGER A ONITCHA

des enfants qui épellent un syllabaire français. » D'Onitcha à Assaba la traversée fut rude; la fièvre et la dysenterie mettent l'équipage hors de service, si bien que Mizon est obligé de chauffer lui-même la machine du *René Caillié* par une température de 38° à l'ombre. C'est à Assaba que Mizon rencontra la petite Sinnabou, que sa nourrice pria le chef des Français de reconduire à son village d'Iloutchi. Elle devait le suivre jusqu'en France, et ne revenir, quelques années après, avec lui en Afrique que pour entrer à la mission des sœurs de Cluny à Onitcha.

C'est seulement en compagnie de la fillette, de M. Tréhot, d'un seul tirailleur et d'un indigène que Mizon arriva à Lokodja. Il est bien accueilli, malgré la pauvreté de son équipage, par les rcitelets du Mitchi et le sultan du Mouri, grâce au respect qu'il témoigne pour les usages politiques et religieux des pays qu'il traverse.

A Yola, il se heurte tout d'abord à la dangereuse méfiance de Zoubir, sultan de l'Adamaoua, à qui l'anglais Mac Intosh a fait parvenir un message l'avisant « que des étrangers montent la rivière avec un vapeur et deux grands canots et qu'ils apportent tout un convoi de guerre, 700 fusils rayés et 30.000 cartouches, à son ennemi le fils révolté de l'empereur du Sokoto... Si Zoubir laisse passer le convoi c'en est fait de l'Adamaoua. » Mac Intosh a poussé la bienveillance qui l'anime à l'endroit du sultan jusqu'à préparer un attentat analogue à celui de la rivière Forcados. Mis au courant de l'intrigue, Mizon se rend avec le sergent Ahmed et un indigène pour toute escorte près de Zoubir (20 août 1891) : il lui expose le rôle à double face que joue la Compagnie anglaise, au grand détriment du commerce local, et le rassure tout à fait en lui offrant de visiter ses canots. « Quand le sultan, raconte Mizon, fut convaincu que nous venions, non en maîtres, mais en hôtes décidés à respecter son autorité, il nous fixa une demeure dans le quartier arabe de Yola. Nous étions dans la place, mais nous devions chaque jour subir les assauts de la compagnie du Niger et de ses partisans... Nous nous fîmes vite des amis parmi les Arabes du nord qu'avait ruinés la concurrence de la Compagnie anglaise. A l'égard des Foulbés de Zoubir, nous pratiquions la charité, considérée par les musulmans comme la plus grande des vertus; mais par politesse, nous nous attachions à toujours rester en deçà de la libéralité de Zoubir. Nous avons honoré leur religion comme ils honoraient la nôtre; nous nous conformions à toutes les coutumes du pays, échangeant les cadeaux du premier de l'an musulman, et fêtant de nos petits canons la fin du Rhamadan. »

Ces bons procédés produisirent le plus heureux effet sur l'esprit de Zoubir. « Tu es mon hôte, lui dit-il un jour, et désormais mon ami. Quant aux Anglais je leur interdis de mettre le pied dans ce pays. » L'amitié de Zoubir n'était

point de mince valeur. Petit-fils d Adama, le grand conquérant Foulbé qui fonda l'empire d'Adamaoua au sud du
Tchad, le sultan régnait sur l'un des plus riches et des
plus peuplés territoires d'Afrique : son armée comptait
15.000 guerriers et il lui eût été facile de mettre sur pied
300.000 hommes. Sa cavalerie, admirablement montée,
comportait un corps de cuirassiers armés de casques et de
cottes de mailles couvertes de longues tresses de cuirs.

Quand Mizon quitta Yola le 15 décembre, après un séjour
de quatre mois, il emportait un traité d'alliance avec le

LA SANGHA

sultan et des lettres de recommandation près de ses feudataires. Il avait profité des facilités que lui avait données
son allié pour explorer les tributaires de la Haute Bénoué
et le seuil qui sépare le bassin de ce grand affluent du Niger
du bassin du Chari; des stations commerciales avaient été
installées sur la Bénoué et les agents anglais dûment avertis qu'à la première tentative de vol de nos marchandises,
ils seraient reçus à coups d'hotchkiss.

De l'Adamaoua, Mizon regagna le Mouri, gouverné
par un vassal de Zoubir; il usa près de ce prince des mêmes
procédés courtois qui lui avaient si bien réussi près du
souverain Foulbé et reçut en retour les mêmes avantages.
Son séjour à Ngaoundéré, ville de 20.000 âmes, fut une

suite de fêtes et dura près d'un mois. Mais il ne s'oublia pas
dans cette Capoue de l'Afrique équatoriale. Les guides qu'il
avait sollicités lui ayant été donnés, il reprit la route du
sud. Après avoir traversé une région presque déserte dans
laquelle prennent leur source les tributaires de la Haute
Sangha, il arriva en pays fétichiste à Koundé, puis à
Doka, enfin à Caza, gros village, situé sur cet affluent du
Niger.

Le chef d'un village de la rivière Kadeï lui fit savoir que
les naturels prétendaient avoir vu des hommes blancs à
sept jours de marche dans le sud. Redoutant que quelque
expédition allemande ou anglaise eût réussi à franchir le
filet si laborieusement tendu par Brazza, Crampel et lui-
même avant que la dernière maille en fût serrée, Mizon se
porte en toute hâte sur la Mamberé, affluent nord de la Sangha, que remontaient, disait-on, les inconnus. Le
7 avril 1892, le mystère est éclairci : à Comasa, Mizon tombe
dans les bras de son ami de Brazza, qui avait remonté
la Sangha pour réparer l'échec essuyé en 1891 par M. Four-
neau près de N'Zaouaré. Ce vaillant explorateur parti
d'Ouesso, à bord de la petite canonnière le *Ballay*, avait
pu reconnaître la Likellé et la Massiéba qui donnent naissance à la Sangha; mais, attaqué sur Ekela par les païens,
il avait vu tomber à ses côtés ses deux compagnons européens MM. Blom blessé et Thiriet tué; quoique blessé lui-
même, il avait dû opérer sa retraite en plein pays soulevé,
après avoir brûlé sur un grand bûcher le corps de Thiriet
et la plus grande partie de ses marchandises. Mizon et
de Brazza restèrent trois jours ensemble, puis se séparèrent,
le premier pour regagner le Congo, près de Bonga et de là
rentrer en France; le second pour organiser une nouvelle
mission dont le commandement devait être remis à son lieutenant Ponel, lequel devait reprendre en sens inverse, à travers le Mouri et l'Adamaoua, l'itinéraire de Mizon.

« Le programme que s'était tracé Mizon était rempli dans
sa partie essentielle : 900 kilomètres de pays absolument inconnus avaient été parcourus de Yola à Comasa; la jonction géographique était faite entre le Congo et le Bas Niger

par la Sangha et la Bénoué; d'importantes relations politiques et commerciales avaient été nouées avec l'Ada-
maoüa.

Tandis que Mizon gagnait les pays du Tchad par le Bas
Niger, M. Casimir Maistre, qui avait déjà illustré son nom
par une remarquable exploration à Madagascar, était
chargé, à la fin de 1891, par le *Comité de l'Afrique française* de renforcer la mission Dybowski, déjà sur l'Oubanghi, et de reprendre l'œuvre de Crampel : cinq collabora-

LES PORTEURS D'IVOIRE

teurs du plus grand mérite devaient partager l'honneur et
les dangers du chef de la mission : MM. Brunache, Clozel,
de Béhagle, Bonnel de Mézières et Briquez. Le 2 avril 1892,
Maistre arrive à Brazzaville, non sans avoir à subir une
foule de tracas qui lui font déplorer le peu d'empressement
mis par l'administration à améliorer le détestable sentier
qui relie à la côte nos territoires du Congo. Grâce à l'énergique concours de M. Dolisie, administrateur principal de
Brazzaville, le personnel de la mission, ses 40 laptots sénégalais et ses 400 porteurs sont bientôt en mesure de remonter le Congo et l'Oubanghi à bord de pirogues et des
canonnières le *Djoué* et l'*Alima*. On atteint Bangui en qua-

rante-deux jours, et bientôt les piroguiers Banziris amènent toute l'expédition à Kémo, à 2.000 kilomètres de Loango.

Chez les N'dris, M. Maistre rencontre un indigène nommé Ali, esclave fugitif des musulmans du Ouadaï, qui lui parle d'une grande rivière appelée Gribingui, située très loin dans le nord... Serait-ce le Chari ?

Le 11 juillet, on s'élance vers le nord, à la boussole, les guides ayant fui, à travers un désert couvert de brousses et de hautes herbes, coupé d'arroyos qu'il faut passer sur des fascines. Après huit jours de marche qui amènent la mission dans le bassin du Tchad, on relève les traces d'indigènes. « Tout à coup les Sénégalais qui sont à l'avant-garde se replient vivement sous une nuée de flèches et de sagaies : ce sont les païens Mandjias qui ont essayé de leur barrer la route. Quelques coups de fusil les dispersent; puis, comme il faut des vivres, on essaie de parlementer. Peine perdue; les sauvages exécutent une danse désordonnée, et, bientôt après, renouvellent l'attaque. En cinq minutes, les feux de salve ont mis en fuite les Mandjias. Le lendemain la caravane entre dans leur village abandonné, où elle trouve heureusement de nombreuses provisions de miel. Jusqu'au 8 août, les païens renouvellent leurs tentatives; un dernier combat livré par nos laptots qui se battent deux heures dans un marais, ayant de la vase jusqu'à la ceinture, décide l'ennemi à se montrer plus accueillant. Maistre se rend presque seul près de leur chef et, après un palabre émouvant, blanc et noir se donnent la main : la paix est faite, et subitement les naturels, oubliant leurs échecs, apportent au camp des vivres en abondance. »

La mission traverse après le pays des Mandjias, celui des Ouia-Ouia, puis celui des Ouakas, et, dans les premiers jours de septembre, débouche dans une grande plaine herbue « au milieu de laquelle coule le Gribingui, c'est-à-dire le cours supérieur du mystérieux Chari... la voie naturelle de l'empire musulman de Baghirmi ». M. de Behagle construit des radeaux et en huit jours fait passer toute l'expédition sur la rive droite du fleuve. On arrive ainsi chez les Akoungas, braves gens qui pour un salaire insignifiant, parfois pour rien, aident les porteurs à transporter leurs charges d'un village à l'autre. Les Arctous en revanche se montrent moins hospitaliers.

Le 24 octobre, contact est pris au village de Gako avec les premiers musulmans du Baghirmi. Gaouranga, sultan de cet empire arabe africain, réside à Bongouman; il vit en bonne intelligence avec ses voisins, les sultans du Bornou et de Ouadaï, et s'occupe à étendre son influence sur les pays païens du sud, chez lesquels il envoie des résidents et dont il fait venir près de lui les fils de chefs. Ceux-ci, reçus avec honneur et bientôt convertis, deviennent les utiles agents de l'influence islamique dans l'Afrique équatoriale. Maistre aurait vivement désiré entrer en relations avec le sultan du Baghirmi près duquel on lui prédisait un affectueux accueil. Malheureusement l'hostilité des

CAVALIER DE L'ADAMAOUA

Gaberis, la maladie de MM. Clozel et Maistre, le manque de vivres et l'épuisement des marchandises de traite obligent la mission à se diriger vers l'ouest. Toutefois elle a reconnu dans la rivière Logone un des grands tributaires du Tchad et rejoint dans l'Adamaoua l'itinéraire Mizon.

Quoique faisant son entrée à Yola dans le plus grand dénûment, Maistre y rencontre près du gouverneur un accueil, sinon empressé, du moins hospitalier. Mais il ne peut voir le sultan Zoubir, alors en guerre dans le nord, et se contente de lui faire parvenir ses présents. En revanche, il a le vif plaisir de rencontrer à Bakoundi MM. Nebout et Chabredier que Mizon, arrêté sur la Benoüé, a envoyés à sa rencontre.

La descente du Niger et de la Bénoüé s'effectua rapidement et sans trop de difficultés; le 23 mars, Maistre arrivait à Akassa avec ses 5 compagnons européens, après avoir parcouru en 14 mois 5.000 kilomètres, dont 1.500 à pied, en pays inexploré.

Grâce à ses efforts, ajoutés à ceux de Mizon, le plan rêvé par Crampel était bien près d'être réalisé; si le Soudan et le Congo ne se trouvaient pas unis sur les bords même du Tchad, du moins un large passage les mettait en communication par les vallées de la Bénoué, du Chari ou de la Sangha, placées par une série de traités sous l'influence française.

De son côté, M. de Brazza s'employait activement à élargir la route qui menait du Congo au Tchad. Installé à Ouesso, vers la fin de 1891, il avait peu à peu établi pacifiquement par sa méthode ordinaire notre domination sur la haute Sangha, organisé la navigation sur les biefs navigables de la rivière, frayé pour les relier l'un à l'autre une route qui contournait les rapides, fondé une série de postes à Bania, à Gaza, à Koundé. Une tentative pour créer une résidence à Yola, en 1892, s'était heurtée au mauvais vouloir de Zoubir, redevenu prisonnier des intrigues britanniques; en revanche, le sultan de Ngaoundéré lui avait fait meilleure figure et agréé avec empressement ses avances amicales.

D'autre part le créateur du Congo français ne négligeait point d'étendre vers l'est nos possessions et de préparer la future voie d'accès vers le Nil : ses lieutenants remontaient l'Oubanghi; M. Gaillard créait une station à Yacoma, au confluent de l'Oubanghi et du M'Bomou; M. Liotard s'établissait aux Abiras, entre le M'Bomou et l'Ouellé, et se heurtait aux belges du Congo indépendant qui, sous des influences qu'il n'était point malaisé de deviner, essayaient de nous couper la route du Nil. La situation devenait bientôt des plus critiques sur ce point, et le gouvernement français pour soutenir ses droits décidait, dès 1893, d'envoyer dans le Haut Oubanghi une forte expédition dont le colonel Monteil devait prendre le commandement. Nous verrons plus loin comment la marche de cette colonne se trouva suspendue et comment seule l'avant-garde, sous les ordres du capitaine Decazes, devait, à la fin de 1893, arriver jusqu'à Yacoma.

La seconde expédition du lieutenant de vaisseau Mizon sur la Bénoüé allait encore compliquer la question africaine et pousser à l'état aigu la jalousie de toutes les puissances européennes, envieuses ou inquiètes des extraordinaires progrès de notre expansion en Afrique. Mizon, sentant qu'il était de toute urgence d'asseoir nos droits sur des actes de possession réelle dans les pays qu'il avait si bien su entraîner en 1891 dans l'amitié française était à peine rentré en France qu'il repartait presque aussitôt pour le Niger.

L'Angleterre et l'Allemagne dont les intérêts sont communs au Golfe de Guinée, concluent entre elles un accord pour sauvegarder leur influence dans la Nigeria de l'est et dans le Cameroun : le baron de Nechtritz et le Dr Passarge s'embarquent eux aussi pour l'Afrique afin de faire échec à Mizon. Ce dernier n'a pas plutôt franchi la barre du Niger qu'il se heurte de nouveau à l'hostilité des agents britanniques : ses bateaux sont illégalement retenus de façon à donner à la mission allemande le temps de prendre les devants. Avec un calme admirable, il déjoue tous les pièges qui lui sont tendus et poursuit sa route sur la Bénoüé. Il n'était plus qu'à 200 kilomètres de Yola quand la baisse des eaux fit échouer ses bateaux chargés de ravitailler en pacotille les comptoirs précédemment installés sur la rivière. Immobilisé durant toute la saison sèche, il renoue des rapports avec le sultan du Mouri, installe chez lui des factoreries, puis, en l'aidant à réprimer la révolte des païens de Koâna, il en obtient, le 22 novembre 1892, un traité de protectorat. Ce dernier succès mit le feu aux poudres : la compagnie anglaise du Niger élève contre cet acte diplomatique les plus violentes protestations, arguant que le Mouri relève de sa zone d'action; elle fait saisir le *Ser-*

gent Malamine, ponton-comptoir de Mizon, pour refus d'acquitter la taxe douanière qu'elle réclame en raison de ses prétendus droits de souveraineté sur le Mouri. Le gouvernement anglais appuie avec d'autant plus d'énergie les revendications de sa compagnie, que Mizon vient de faire signer au sultan Bachama un nouveau traité de protec-

FLOTILLE CONGOLAISE

torat. L'Allemagne, de son côté, en apprenant que Zoubir a ratifié, le 19 août 1893, la convention qui nous donnait l'Adamaoua, objet de ses convoitises, n'hésite pas à prendre parti contre nous dans cette querelle d'allemand. Le gouvernement français s'effraie, rappelle Mizon et abandonne à ses diplomates le soin de sauver le plus possible des avantages acquis à la France par l'intrépide voyageur.

S'il faut se garder dans le règlement de semblables questions d'une intransigeante avidité, s'il est un devoir de courtoisie internationale de respecter les droits acquis par

des rivaux sur des territoires où leurs nationaux ont fait
œuvre de science et de civilisation, et aussi de ménager
leurs légitimes soucis de défense territoriale ou leurs be-

DANS LE HAUT-OUBANGHI

soins d'accès vers de grands débouchés naturels, peut-être
la France exagéra-t-elle ces vertus et ne montra-t-elle pas
suffisamment d'énergie à défendre les conquêtes faites en
son nom dans la région d'entre Niger et Congo par Monteil, Mizon, Maistre et Ponel. Par la convention du 4 fé-

13

vrier 1894, la France renonce au profit de l'Angleterre à la vallée de la Bénoüé; elle laisse l'Adamaoua à l'Allemagne; mais elle conserve par la Sangha, le Logone et le Chari sa voie d'accès au Tchad; tous les pays situés à l'est et au nord du grand lac, depuis les bouches du Chari au sud, jusqu'à Barroua au nord-ouest, sont placés dans sa sphère d'influence. L'Angleterre, par un arrangement particulier conclu avec l'Etat indépendant du Congo, avait essayé de nous barrer la route de l'est en attribuant à cette puissance les pays du Bahr-el-Ghazal et la rive gauche du Nil, en échange de la cession à bail d'une bande de terre qui longeait le Tanganyka et lui permettait de réaliser ultérieurement son rêve de la route du Cap au Nil. La Convention du 11 août 1894 mit à néant cet arrangement et arrêta l'expansion belge à la ligne du M'bomou.

Ces conventions devaient être encore modifiées et complétées par celles qui suivirent en 1898, l'incident fameux de Fachoda.

Si les conventions de 1894 ne réalisaient pas pleinement le rêve de Crampel, si en dépit d'héroïques efforts la France n'avait pu faire du Tchad un lac exclusivement français, le Soudan, l'Algérie et le Congo pouvaient encore se rejoindre sur la rive orientale de cette vaste cuvette dont Monteil était encore le seul à avoir aperçu les eaux. De plus, aucune barrière ne semblait alors arrêter vers la vallée du Nil l'expansion de notre influence. Il s'agissait donc de reprendre dans l'est du Tchad l'œuvre accompli dans l'ouest par ños grands Africains, de suivre dans le Baghirmi, le Wadaï, le Kanem, le Borkou, le Tibesti et l'Aïr la politique inaugurée par Mizon dans l'Adamaoua et le Mouri, et de pénétrer par le M'bomou dans la vallée du Nil pour disputer à la barbarie derviche les territoires depuis longtemps abandonnés par l'Egypte. Tandis que Monteil, Decazes et Liotard préparent l'exécution de la seconde partie de ce programme, d'autres vaillants en poursuivent énergiquement la première partie.

En 1895, M. Clozel gagne la Haute-Sangha et relie les postes de Bania et de Gaza à la vallée de Logone, apportant ainsi une utile contribution à la connaissance de l'ensemble du réseau fluvial dont les eaux alimentent le Tchad et complétant sur ce point les études analogues faites précédemment par la mission Maistre dans la vallée du Chari.

Cette même année, M. Gentil, ancien enseigne de vaisseau et administrateur colonial, est chargé de pousser jusqu'au Tchad et d'établir sur la rive même du lac des postes qui constitueront la base des opérations ultérieures destinées à asseoir notre influence sur les régions à peu près inconnues que nous ont données les traités. Il part pour Libreville accompagné de MM. Fredon, Prins, Huntzbutler, l'ancien second de Mizon, et Vival; ce dernier devait succomber à une atteinte de fièvre pernicieuse dès son arrivée à Loango. Les ateliers de Saint-Denis avaient construit pour la mission un petit vapeur démontable, le *Léon-Blot*, très savamment aménagé et destiné à promener le premier les couleurs françaises sur les eaux de la mer intérieure africaine.

M. Gentil a gagné l'Oubanghi, puis remonté le Kémo et son affluent la Tomi, fondé sur le bord de cette rivière le poste de Krebidgé. En septembre 1896, il franchit le seuil d'entre Congo et Chari et établit un nouveau poste sur une des sources de ce fleuve. Mais ce cours d'eau n'est pas navigable; il faut chercher une autre voie d'accès vers le Chari; M. Gentil rejoint alors le Gribingui, et complétant les études de Maistre sur ce cours d'eau, y reconnaît, non pas une des branches, mais seulement un important affluent du Chari. Cette voie fluviale lui paraissant favorable, il installe à proximité plusieurs postes dans lesquels il concentre tout le matériel nécessaire à sa marche en avant, opère le montage du *Léon-Blot*, et lance son petit vapeur au fil de ces eaux qui le porteront cette fois sur le Chari... et sur le Tchad.

Mais avant de s'aventurer plus loin, M. Gentil tient à être parfaitement renseigné sur la situation politique des états musulmans qu'il lui faudra traverser.

De grands événements s'étaient en effet produits depuis peu dans les environs du lac; une sorte de Samory y était

apparu; c'était Rabah. Ce puissant marabout, chef de la
confrérie des Senoussi, avait quitté, vers 1892, la rude région des oasis essaimées dans le sud du désert Lybien, et,
après un raid extraordinaire à travers l'Afrique centrale,
s'était jeté sur les riches régions qui confinent le lac; le
Manga, le Kanem avaient été submergés par les hordes du
conquérant; en 1894, ç'avait été le tour du Baghirmi. Tandis que quelques-uns des partisans de Rabah battaient
au loin le pays, lui-même, refoulant les Baghirmis avec le
gros de son armée, venait mettre le siège devant leur capi-

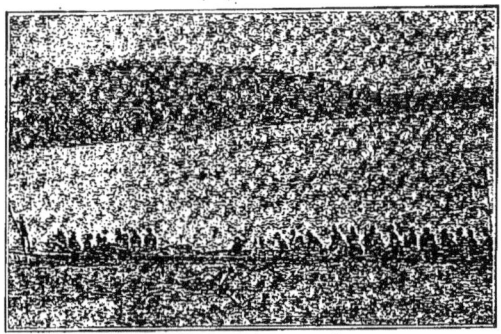

SUR LE CHARI

tale Maïnheffa, grosse ville bien fortifiée, située sur le bord
du Chari. Après une héroïque résistance de cinq mois et
demi, les assiégés, pressés par la faim, s'étaient fait jour,
leur sultan en tête, à travers les lignes Senoussi, avaient
gagné Milé, puis Massénia. Rabah, qui eût pu, grâce à la
supériorité de son armement, achever la ruine des Baghirmis, n'avait pas cru devoir poursuivre la lutte, convaincu
qu'il aurait été impossible de maintenir les vaincus sous
son joug. Aussi s'était-il tourné vers le Bornou, « pays
riche, où les habitants amollis par le bien-être qu'ils se
sont créé par leur commerce, ne lui avaient opposé qu'une
faible résistance. » Kouba, la captale du Bornou, ayant été
prise et le pays soumis rapidement, Rabah avait aussitôt
organisé sa conquête. Il s'était installé à Dikoa, et avait

mis des garnisons à Logone, Koussouri et dans les places importantes du Chari ou des îles du Tchad, autrefois dépendantes du Baghirmi.

Or, en arrivant sur le Chari, M. Gentil eut la preuve que Rabah était le véritable instigateur du meurtre de Crampel, que les derniers survivants de cette malheureuse mission étaient encore chez le sultan et que la petite Niahrinze avait été prise comme épouse par Fadel Allah, fils du sultan; enfin le nord du Baghirmi était rien moins que sûr; les garnisons régulières de Senoussi et le nombre de flibustiers battaient le pays. M. Gentil se préoccupe donc de mettre d'abord ses postes du Gribingui à l'abri de toute surprise. Cela fait, il embarque sur le *Léon-Blot* et commence la descente du Chari.

Il s'arrête au confluent du Bahr-Erguieg pour aller à Masségnia rendre visite au sultan de Baghirmi qui lui fait un accueil des plus hospitaliers et sollicite l'appui de la France pour rentrer en possession des provinces dont l'a dépouillé Rabah. Malgré les exhortations du sultan, la mission reprend la descente du Chari. La brave petite canonnière passe fièrement devant Koussouri et Goulfeï, « vraie folie, conte M. Gentil, car si vous aviez vu, comme moi, la situation stratégique de ces deux places, vous n'auriez pas donné lourd de notre peau. Un simple canon aurait eu raison de nous, et Rabah en possède huit. » Contrairement à toutes les prévisions, les Senoussi ne tentèrent rien, ils se replièrent même sur Dikoa. A Goulfeï, les Baghirmis accueillirent M. Gentil en sauveur. La marche vers le Tchad de ces cinquante Français était considérée par tous comme quelque chose de surhumain.

Enfin, le 1er novembre 1897, le *Léon-Blot* entrait dans le Tchad et y faisait flotter le pavillon tricolore. « Je vous assure, dit M. Gentil, que c'était un spectacle merveilleux, une vraie mer, d'autant plus que pour compléter l'illusion une jolie brise soufflait, qui formait un clapotis sérieux. Les bons raseurs qui nient l'existence de cette mer intérieure en auraient été surpris. Je dois vous avouer que pour pouvoir parler du Tchad, il faut pouvoir y pénétrer. Or, étant

donné le fouillis inextricable d'îles qui se trouve à son entrée, il est impossible d'apercevoir de la terre ferme autre
chose que des herbes, des joncs ou des papyrus, seuls végé-
taux du lac. »

Après avoir fait le relevé géographique exact du lac,
M. Gentil revint au Baghirmi et décida le sultan de Massé-
nia à envoyer une ambassade en France. Baghirmis et
Français débarquèrent à Marseille le 20 juillet 1898.

Pour avoir flotté sur le Tchad à bord du *Léon-Blot*, le
drapeau français n'était pas planté à demeure et sans conteste sur la rive du grand lac. Deux tragiques événements
viennent bientôt justifier les appréhensions de M. Gentil.

L'heureux conquérant du Tchad n'était pas encore de
retour en France qu'une nouvelle mission, commandée par
M. de Béhagle, arrivait au Congo avec le projet de relier
par un itinéraire grandiose les bouches de ce fleuve à celles
du Nil. En octobre 1898, M. de Béhagle qui venait d'étudier
les vallées de la Kémo et de la Tomi, s'acheminait vers
Dikoa pour tâcher d'amener Rabah à une alliance docile
avec la France.

D'autre part, le lieutenant de vaisseau Bretonnet s'était
embarqué à Marseille en septembre pour continuer l'œuvre
de M. Gentil au Tchad et reconduire à Massénia l'ambassade baghirmi, que son séjour à Paris avait profondément
pénétrée par la puissance de nos armes.

Presque coup sur coup on apprend en France que la mission de Béhagle a été surprise par Rabah et dispersée; son
chef a disparu; le sort de la mission Bretonnet est, hélas,
moins incertain; elle est tombée tout entière sous les coups
des Senoussi.

Pour venger ces massacres, le gouvernement fait conver-
ger simultanément sur le Tchad trois expéditions : les capitaines Voulet et Chanoine, qui opèrent dans la boucle du
Niger, reçoivent l'ordre de franchir le fleuve et de se porter
vers l'est, à travers le pays de Sokoto — M. Gentil doit
gagner Dikoa par la coulée Chari-Logone — M. Foureau
et le commandant Lamy, partis d'El-Goléa pour explorer

l'Aïr, le Tibbou et les régions qui séparent le Sahara algérien du Tchad, doivent rejoindre sur les rives du lac les deux autres missions.

La mission Voulet-Chanoine, momentanément arrêtée dans le Sokoto à la suite de tragiques événements qui amènent la disparition de ses deux chefs, poursuit sa route sous la direction du capitaine Joalland et du lieutenant Meynier. La mission Foureau-Lamy atteint le Tchad en mars 1900, après avoir écrasé dans le Sahara méridional les hordes fanatiques et pillardes des Ouled-Sliman, et consolide son occupation par l'établissement de postes habilement disposés. La mission Gentil met en fuite, après le sanglant combat de Kouno, les sofas de Rabah qui se replient sur Dikoa, les chasse de cette place et les refoule vers le nord-ouest du Tchad.

Les 3 missions effectuent leur jonction, le 21 avril, en face de Kousseri. Leurs forces combinées sous les ordres du commandant Lamy attaquent Rabah qui a concentré la plus grande partie de ses troupes à cinq kilomètres au nord-ouest de Kousseri. Le sultan dispose de 5.000 hommes, dont 2.000 armés de fusils de tous modèles, de 600 chevaux et de 3 canons. Après un combat violent, où le feu de l'artillerie et de l'infanterie se prolonge durant deux heures et demie, un assaut irrésistible de nos troupes enlève le point d'appui principal de l'ennemi, un réduit fortifié entouré d'une forte palissade et de terrassements. Les positions ennemies sont traversées et nos troupes tentent de couper le passage vers le nord et l'o est à l'armée en fuite de Rabah. C'est alors que, pour protéger la retraite de leur chef blessé, les sofas essayèrent un retour offensif, qui malheureusement coûta la vie au commandant Lamy, mortellement atteint, et au capitaine de Cointet tué sur le coup. Rabah, trop grièvement blessé pour fuir, fut atteint par un tirailleur qui lui trancha la tête et la rapporta au camp français où elle fut reconnue.

Ce grand succès nous permit de reprendre les étendards enlevés lors du massacre du détachement Bretonnet, de saisir un énorme butin et de faire de nombreux prisonniers.

De toutes parts, en apprenant la mort de Rabah, les populations font leur soumission.

Cet exploit militaire avait pour corollaire un grand exploit géographique : M. Foureau, qui avait laissé le 14 avril son escorte, sous les ordres du commandant Lamy, pour opérer

FOUREAU

contre Rabah, remontait le Grinbingui et redescendait le Congo, accomplissant ainsi jusqu'au bout une des plus belles traversées de l'Afrique : celle d'Alger à Brazzaville.

Une nouvelle tentative des Senoussi contre notre domination devait donner lieu en 1901 à une nouvelle répression. Fadel Allah, fils de Rabah, ayant recruté de nouveaux partisans, se jette à l'improviste sur nos postes. Traqué à outrance, il est atteint dans le Bornou et tombe les armes à la main. Le parti Senoussi a été fortement ébranlé par ces échecs répétés. Néanmoins son opposition irréductible à l'établissement de notre domination dans le Centre Africain a recruté de nouveaux partisans parmi les fanatiques de l'islam, particulièrement dans le Wadaï et le Kanem.

COMMANDANT LAMY

Dans la première de ces deux régions notre action ne s'est point encore nettement dessinée. En revanche, à l'heure où s'écrivent ces lignes, le Kanem, grâce aux efforts du colonel Destenave et du capitaine Fouque, semble définitivement courbé sous notre autorité. Au demeurant la paix n'y sera définitivement consolidée, comme au Wadaï, que le jour où sera définitivement résolue la question du péril touareg.

CHAPITRE XI

L'Épopée de Fachoda.

Le 23 juillet 1896, un Français pénétrait par Loango dans le continent africain; trois ans plus tard, il en sortait par Djibouti : pendant ces trois ans, la France a vécu la vie de ce Français, et quand ce Français a remis le pied sur le sol natal, sa patrie a tressailli d'orgueil et elle a pleuré d'émotion.

Pour sentir son cœur battre comme il n'avait pas battu plus fort aux grandes journées de son histoire, il fallait que la France devinât, avec cet instinct qui lui fait comprendre même les choses qu'elle ne s'explique pas, que dans cette marche de l'Atlantique à la mer Rouge il y avait autre chose qu'une simple traversée de l'Afrique.

En 1878, l'Egypte allait sombrer sous l'inexorable tyrannie des Turcs, les derniers barbares accourus au pillage de l'Occident. Généreusement la France offrit à l'Europe de prendre l'infortunée sous sa tutelle et d'employer à son relèvement moral et matériel le concours désintéressé de son inépuisable charité. Mais il restait encore quelque chose à l'Egypte : la peau et les os. C'était peu; cela suffit cependant pour tenter l'Angleterre, qui, avec l'arrière-pensée de dévorer ce qui restait de la fille des Pharaons, s'offrit sournoisement à seconder la France dans son œuvre bienfaisante.

Les soldats de Méhémet-Ali, établis à Lado en 1841, n'avaient point tardé à transformer le Soudan égyptien en un vaste terrain de chasse, où s'exerçait l'activité brutale de ces marchands d'esclaves. Çà et là, ils avaient bâti des places fortes, lourdes citadelles aux épaisses murailles de pisé, Khartoum, Fachoda, vrais charniers où ils entassaient la chair noire. L'un de ces mercantis, Siber, s'était fait l'exploiteur attitré de l'immense région où le Bahr-el-Arab et le Bahr-el-Ghazal se traînent à travers la plaine entrecoupée de pestilentiels marécages. Sur le conseil perfide de clergymen anglais, Siber voulut donner à sa conquête un caractère officiel; il offrit au gouvernement égyptien d'accepter la suzeraineté du Khédive à condition que celui-ci le reconnaîtrait comme le Pacha du Bahr-el-Ghazal. Invité à se rendre au Caire, le traitant est comblé d'honneurs; mais bientôt d'hôte il devient prisonnier; sa province est confisquée, et l'anglais Gordon est nommé, pour le compte de l'Egypte, gouverneur du Soudan égyptien. Le fils de Siber réclame en vain son patrimoine : on s'en débarrasse en le faisant assassiner, en juillet 1879, avec nombre de ses amis; à la terreur de Siber succède dans le Soudan la terreur de Gordon.

Grâce à ce hardi coup de main, l'Angleterre dominait dans la vallée supérieure du Nil : pour s'implanter dans la vallée inférieure, elle eut recours aux mêmes procédés qui venaient de si bien lui réussir. Sûre que la France refuserait de la suivre dans la voie des violences et des trahisons qu'elle comptait parcourir jusqu'au bout, elle suscite dans la basse Egypte une révolte contre l'administration dont les puissances intéressées ont doté le pays et dont les services se font déjà apprécier. Arabi-Pacha, instrument inconscient de la politique britannique, peut-être simple homme de paille du cabinet de Saint-James, lance un appel aux bigots de l'Islam, massacre les fonctionnaires européens et se proclame le défenseur de la vieille anarchie égyptienne.

Une action militaire s'imposait. Mais, ayant déjà de bonnes raisons de suspecter la bonne foi de l'Angleterre, l'Europe convoque à Constantinople une conférence internationale à l'effet de bien préciser les limites dans lesquelles pourront agir en son nom la France et l'Angleterre. La

convention suivante est signée : « *Les gouvernements re-*
présentés s'engagent, dans tout arrangement qui pourrait
se faire par suite de leur action concertée pour le règlement
des affaires d'Egypte, à ne rechercher aucun avantage ter-
ritorial, ni la concession d'aucun privilège exclusif, ni au-
cun avantage commercial pour leurs sujets que ceux des
autres nations ne puissent obtenir. »

Or, presque aussitôt après, l'Angleterre violait impudem-
ment ces engagements.

La répression de la révolte d'Arabi est l'occasion depuis
longtemps cherchée par les hommes d'Etat anglais pour
s'installer à demeure fixe en Egypte. Mais la France a
éventé le piège : fidèle à ses traditions généreuses, elle refuse de s'associer à l'étranglement de sa protégée. Espérant déjouer les projets du cabinet de Saint-James, elle se
renferme dans sa dignité, refuse de prendre part au bombardement d'Alexandrie, aimant mieux qu'on lui reproche
plus tard sa mollesse qu'une félonie. Arabi est vaincu par
les Anglais seuls; l'Egypte se couvre aussitôt de garnisons
anglaises.

Il s'agissait de trouver de bonnes raisons pour les y maintenir, tout en se dérobant au contrôle des puissances : pour
ce faire, le mouvement mahdiste éclate avec une singulière
opportunité.

Dès 1880, le fils d'un charpentier de Dongola, Moham-
med-Achmed, allait prêchant sur le Nil-moyen la venue du
Messie, de ce Mahdi dont le prophète Mahomet a, paraît-il,
prédit la naissance. « Autour de ce Mahdi se groupèrent
bientôt tous les musulmans qu'inquiétait le libéralisme du
nouveau gouvernement égyptien. Les pieux intransigeants
de l'Islam, les négriers Dongolais, gênés plus en théorie
qu'en pratique par les fonctionnaires kédiviaux, et aussi
tous les mécontents de la réforme financière imposée par
la France » embrassent la cause du Mahdi. En 1884, la révolte devient révolution; 15.000 soldats anglais succombent
en moins de quatre mois; Gordon abandonne la province
équatoriale, Fachoda même, et vient s'enfermer à Khartoum. Il y périt avec tous les siens. Son lieutenant Lupton,

chassé de la province du Bahr-el-Ghazal, est atteint par un officier mahdiste et mis à mort. Pour faire la part de l'incendie si maladroitement allumé, l'Angleterre *déclare renoncer à protéger l'Egypte au sud de Wadi-Halfa.*

Or, par la Convention du 5 août 1890, nous nous trouvions maîtres en Afrique du vaste bloc de l'Afrique occidentale, de la Méditerranée au Tchad; d'autre part des territoires compris entre le Tchad et le Congo, enfin de la région orientale d'Obock. Si nous parvenions à occuper effectivement les premiers le bassin du Bahr-el-Ghazal, abandonné à la barbarie mahdiste, nous réussissions à constituer un empire français, sans solution de continuité, des bouches du Sénégal à la baie de Tadjourah. C'était *notre droit* absolu, puisque l'Angleterre avait au nom de l'Egypte abandonné aux barbares la vallée du Haut-Nil.

C'est au regretté président Carnot qu'appartient l'initiative de cette admirable entreprise. Malheureusement les hésitations du gouvernement en reculèrent l'effet rapide et décisif, plusieurs missions furent successivement lancées sur la route du Haut-Nil, puis rappelées; l'une d'elles, confiée à Monteil, avait été disloquée la veille du départ. Bref ce n'est qu'en 1896 que fut décidé le départ définitif de la mission française chargée de relier le Congo au Nil : le commandement en est donné au capitaine Marchand, le héros du Thiassalé.

A ce moment même l'Angleterre, toujours bien informée sur nos projets, donnait l'ordre au sirdar Kitchener de reprendre énergiquement l'offensive contre les mahdistes et de s'établir à tout prix, avant nous, sur les rives du Haut-Nil.

Marchand quitte Marseille le 25 juin 1896, accompagné d'un état-major digne de ce chef : les capitaines Baratier, Germain, Mangin et Simon, les lieutenants Largeau, Fouques, etc..., l'enseigne de vaisseau Dyé, le docteur Emily, l'interprète Landeroin, et douze sous-officiers.

L'armée que le gouvernement français confiait à Marchand pour disputer le Nil aux 30.000 hommes que le sirdar Kitchener dirigeait vers le Haut-Fleuve comptait...

200 tirailleurs sénégalais! Une autre armée presque aussi nombreuse devait, il est vrai, partir d'Obock sous les ordres de M. Bonchamps et rejoindre la colonne Marchand sous les murs de Fachoda; ainsi pris entre deux feux, le sirdar n'aurait qu'à bien se tenir !

Cependant Marchand a réuni à Loango 12.000 charges

(36.000 kilogrammes) dont 5.000 pour le commerce, 3.000 pour le ravitaillement des postes d'Oubanghi, 2.000 qu'on doit laisser à la Sangha, et 2.000 autres réservées à l'explorateur Gentil qui parcourt la région du Tchad. Un premier obstacle se dresse devant lui : la route des caravanes qui serpente à travers la forêt équatoriale, le long de la vallée de Kouilou, et qu'il faut suivre pour atteindre Brazzaville, est encombrée par des hordes belliqueuses que les agents

de M. de Brazza ont eu la faiblesse d'abandonner à leurs
querelles intestines. Un roitelet nègre, Mabiala, se montre
particulièrement agressif à l'égard des convois. Il faut entamer une véritable campagne contre ce païen et disperser
ses bandes dans la brousse à coups de fusils. Le rude effort
auquel s'est condamné Marchand pour assurer la sécurité
de sa colonne et le transport de ses charges à travers un
pays ravagé par la guerre, a ébranlé sa santé. Il tombe

POSTE DE TAMBOURA

terrassé par la fièvre au poste de Loudima et reste six
mois entre la vie et la mort. A peine a-t-il triomphé du
mal qu'il repart et arrive à Brazzaville dans les premiers
jours de 1897. Là il constate que rien n'a été préparé pour
faciliter sa tâche : par la faute des fonctionnaires du Congo,
trois mois sont perdus à chercher les bateaux qui devront
transporter la mission jusqu'à Banghi et lui éviter ainsi les
inutiles fatigues d'une longue marche parallèlement au
fleuve. Le *Faidherbe*, canonnière que commande l'enseigne
Dyé, prend les devants pour s'assurer que de plus sérieux
préparatifs ont été faits à Banghi : Marchand est bientôt

LES TROIS COULEURS SUR LE SOUDH

rassuré à cet égard; à partir de ce point le pays est en effet placé sous les ordres de M. Liotard, et les agents de cet énergique gouverneur ont fait plus que leur devoir.

On ne saurait à ce propos mettre suffisamment en relief l'œuvre admirable, silencieusement et modestement accompli par M. Liotard dans ces immenses territoires de l'Oubanghi, vastes comme les deux tiers de la France, habités par des populations parfois belliqueuses comme les Dinkas, parfois aussi anthropophages comme les Bondjos. De 1891 à 1895, il parcourt presque seul les régions mal connues du Bas-Oubanghi, pénètre celles du haut-neuve, reconnaît ses principaux affluents, le M'Bomou et le M'Bokou, et s'impose aux indigènes par sa bonté et sa loyauté. En 1895, il pousse vers l'est jusqu'à Tambourah, et vers le nord jusqu'à Dem-Ziber qui devient notre poste avancé dans la région supérieure du Bahr-el-Ghazal. Si, l'année suivante, le gouvernement français eût franchement persévéré dans la réalisation de ses projets et renforcé les contingents de la mission Decaze, Fachoda eût été atteint deux ans plus tôt et, en 1898, le sirdar Kitchener y aurait été reçu... comme il convenait. M. Liotard ne se décourage cependant pas, et, quand il reçoit la nouvelle de l'arrivée de Marchand, tout est prêt depuis longtemps pour faciliter et accélérer sa marche vers l'est.

En effet, dès son arrivée à Banghi, le chef de la mission Congo-Nil y trouve une flotte de 175 belles pirogues. Grâce à ce précieux appoint la région des rapides est heureusement franchie. Le *Faidherbe* circule sur le fleuve pour accélérer le transport des plus lourdes charges et s'assurer des sentiments des riverains. A la fin de mai, la colonne atteint le poste des Abiras où elle est accueillie avec joie par les missionnaires qui, depuis quinze ans, se sont établis sur ce point, le plus meurtrier peut-être du centre africain.

Baratier est alors envoyé en éclaireur pour reconnaître la navigabilité du M'bomou et chercher le point où ce cours d'eau se rapproche le plus du bassin du Bahr-el-Ghazal. Avec une flottille de trois pirogues, il parcourt ainsi 300 kilomètres sur le M'bomou et explore un nouveau bief navi-

gable de 400 kilomètres formé par le M'bokou. La navigation de ce sous-affluent n'est pas des plus aisées : les co-
losses de la forêt vierge se sont écroulés en maint endroit
en travers de son lit, et la végétation tropicale a transformé
ces ponts en barrages par l'accumulation de ses lianes et
de ses hautes herbes. Pendant deux mois, le second de

LE COMMANDANT BARATIER

Marchand « tranchant et taillant dans la fièvre » réussit à
ouvrir à l'expédition un chenal très navigable jusqu'à Méré
où elle vient le rejoindre. De là elle n'est plus qu'à 80 kilomètres de Tambourah, c'est-à-dire du Soueh, un des affluents du Bahr-el-Ghazal.

Mais quels obstacles la mission va-t-elle rencontrer sur
cette arête large de 80 kilomètres qui sépare le bassin du
Congo de celui du Nil ?... à quel degré le Soueh lui-même
est-il navigable ?... Marchand tient à s'en assurer person-

nellement. Il constate d'abord avec joie que la voie terrestre entre le M'Bokou et le Soueh n'offre aucune difficulté
insurmontable : une route peut être aisément frayée dans
la brousse. Il monte alors en compagnie de six noirs dans
une pirogue et s'abandonne au fil du Soueh, à l'inconnu.
Rien de plus merveilleux dans sa simplicité que cette reconnaissance poussée à travers roseaux et lianes, au milieu
de populations qui regardent passer ce blanc avec une gour-
mandise de cannibales, et qui, vaincues par le seul ascendant de son extraordinaire audace, se constituent ses alliées.
Marchand atteint ainsi Kodjalé, village éloigné de Méré de
160 kilomètres en ligne droite... C'est cette distance que
l'expédition va avoir à franchir par voie terrestre, « avec
ses innombrables charges et toute sa flottille, tâche considérable qui exigera le maximum d'activité et d'endurance
qu'il soit possible de fournir. Alors chacun se met à l'œuvre.
Les uns, aidés des indigènes construisent une route large
de 5 mètres, par où l'on espère pouvoir traîner le *Faid-*
herbe, à l'aide de chariots construits par le lieutenant
Gouly. Mais les chariots auxquels on attelle les noirs fonc-
tionnent mal; on démonte le *Faidherbe*, ou plutôt on le
divise par tranches; Germain et Dyé sont transformés en
mécaniciens. Les chalands sont démontés à leur tour. Bientôt vapeur, chalands et colis prennent la route du Soueh,
transportés sur la tête des noirs. Les chaudières, du poids
d'une tonne chacune, durent malgré tout être halées sur
rouleaux par les noirs sur tout le parcours ».

Enfin la mission arrive sur le Soueh, où les mécaniciens
se remettent à l'ouvrage, clouant, rivetant dans les plus
pénibles conditions de main-d'œuvre et d'outils. La flottille
est reconstituée, et, péniblement, l'expédition arrive au
confluent du Soueh et du Waou où l'on établit un fort, le
fort Desaix, qui va devenir le quartier général de la mission et la base des opérations ultérieures.

Les premiers mois de 1898 furent employés à une double
tâche : occupation des territoires du Bahr-el-Ghazal, préparation de la marche en avant. Marchand se réserve la
réalisation de la première partie de ce programme. Il éta-

blit d'abord une série de postés le long du Soueh; puis,
rayonnant autour du fort Desaix, il se concilie l'amitié des
belliqueuses tribus Djour ou Dinka, « qui habitent au milieu des fourrés de roseaux et de papyrus dont est couverte
la plaine du Bahr-el-Ghazal, populations réputées indomp-

LE LIEUTENANT DE VAISSEAU DYÉ

tables que les Égyptiens et les mahdistes eux-mêmes
n'avaient pu réduire ». A bord de son *Faidherbe*, l'enseigne
Dyé ravitaille par un va-et-vient régulier les différents postes, puis se lance intrépidement avec sa flottille de pirogues
à travers les terribles marécages du Kir dont les caravanes
indigènes elles-mêmes se détournaient avec effroi.

C'est à Baratier que revient le lourd honneur de reconnaître la voie fluviale que doit suivre la mission jusqu'au lac Nô, vaste cuvette marécageuse située au confluent du Bahr-el-Ghazal et du Nil. Cet épisode est un des plus dramatiques de la lutte soutenue par la mission contre l'impitoyable nature africaine.

' Le récit suivant, d'une héroïque simplicité, est extrait d'une lettre écrite par Baratier du fort Desaix, le 29 mars 1898.

« Le 12 janvier, je pars avec un seul boat. Landeroin, vingt tirailleurs et huit pagayeurs sont avec moi. Dès les premiers jours je constate que c'est à peine si je trouve de quoi nourrir mes trente hommes en payant très cher. Le 25 janvier nous n'avions plus de vivres, les Djinquis refusant de m'en vendre. Le 26, vers neuf heures du matin, au détour d'un coude, nous voyons cinq éléphants sur la berge. Nous sautons à terre et en tuons deux. Du coup une nuée de Djinquins arrive. Ils sont très avides de viande; aussi je leurs promets les éléphants s'ils apportent de la farine. Leur méfiance disparaît devant l'appât, et j'ai cinq jours de farine pour tout mon monde; la Mechra ne peut être loin, je suis paré.

« Le 30 janvier, les berges disparaissent complètement et nous entrons dans un chenal assez profond, circulant au milieu du *sedd*. Ce sont les roseaux que les Nubiens appellent l'Oumn-Souf (mère de la laine) à cause de la gaine qui enveloppe la tige, gaine de poils soyeux qui s'accrochent à la peau et causent des démangeaisons cuisantes. A onze heures du matin, nous trouvons un premier barrage formé de débris de roseaux réunis par une plante verte ayant la forme d'un petit chou. Nous ouvrons le barrage, puis un deuxième, un troisième, etc... A midi, nous débouchons dans une succession de mares couvertes de nénuphars. Il n'y a presque plus d'eau, les hommes tirent le boat sur la vase dans laquelle ils enfoncent jusqu'aux aisselles; c'est le marais à perte de vue; de la vase se dégage une odeur effroyable.

« Jusqu'au 3 février, même navigation; nous trouvons un petit îlot; au moins nous serons au sec, mais la faim ne

diminue pas ! Le 6, nous repartons. Qu'allons-nous devenir?
Pas un oiseau ne se montre. A cinq heures du soir, nous
entrons dans une succession de mares couverte de nénuphars. Nous en arrachons des racines et les dévorons. Si
je pouvais seulement prévenir Marchand, lui faire savoir
où je suis et le terrible obstacle que la mission va rencontrer. Le 11, nous repartons. A cinq heures, Mariba me
montre un hippopotame; je tire et le tue, mais il faut atten-

L'OUMN-SOUF

dre qu'il remonte. Le 12, nous poursuivons notre route,
remorquant notre hippopotame. Vers dix heures, un coin
de marais desséché. On se met à dépecer l'animal, mais
il n'y a pas de bois : eh ! mon Dieu, nous le mangeons tout
cru. Le 14, à cinq heures trente, nous arrivons à un confluent; la terre doit être là, à cent cinquante mètres. Je
commande de traverser pour y arriver. Au milieu du chenal, une forte secousse nous fait perdre l'équilibre. C'est
un hippopotame qui a crevé notre boat. Le sergent Mariba
me crie : «Dji bé na » (l'eau vient). Force ! Force !... l'eau
monte avec une rapidité effrayante. Nous sommes à cent
mètres de la berge, berge flottante; qu'y trouverons-nous?
six mètres ou un mètre d'eau ? Les hommes pagayent avec
rage; le boat n'émerge plus que de cinq centimètres. Nous

touchons les herbes; tout le monde saute à l'eau; on n'en
a que jusqu'à la ceinture, nous sommes sauvés !

Le 20 au matin, ayant couché sur un banc de sable, je
me réveille; plus de boat. Le courant l'a entraîné. Il faut
partir à sa recherche, tantôt sur la terre, tantôt dans la
vase jusqu'au cou, tantôt à la nage. Au bout de dix kilomètres, je le retrouve. Nous le ramenons au campement;
mais une journée de perdue.

LE BAHR-EL-GHAZAL

Le 24, nous explorons un bras au sud. C'est une impasse,
Plus de doute, je suis bien dans le Ghazal; mon levé est
exact, et j'arrive au lac Nô.

Enfin la hausse des eaux, en rendant plus praticables
les lacets innombrables dessinés par le Bahr-el-Ghazal à
travers le « sedd » décide Marchand à partager sa troupe
en deux groupes. En compagnie de Baratier, Mangin,
Largeau, du docteur Emily et de Landeroin, il part le premier à bord des pirogues et des chalands; Dyé, Germain,
de Prat et Bernard attendent que le niveau des eaux s'élève
pour quitter Meschera-el-Rek, à bord du *Faidherbe*.

« Inqualifiable, raconte Dyé, cette traversée des énormes barrages du Bhar-el-Ghazal ! travail insensé de halage sur chaîne et ancre, pendant des kilomètres, tout l'équipage à l'eau durant des semaines entières, souvent dans la vase jusqu'à la ceinture et parfois jusqu'aux épaules, disloquant à coups de pelles et machètes les îles flottantes, les masses de roseaux, puis traînant dessus la coque du *Faidherbe* à force de bras ».

Marchand arrive à Fachoda le 10 juillet 1898. En apercevant les blanches murailles de la petite ville, but en apparence bien humble d'un aussi gigantesque effort, les officiers se jettent dans les bras les uns des autres en s'embrassant, et quand le drapeau français est hissé au sommet de la lourde citadelle, marches à travers brousse et marais, dangers, fièvres, blessures, indicibles privations, tout semble s'envoler de leur mémoire, en même temps que s'envolent sous le ciel bleu de la vallée du Nil les notes éclatantes d'un salut au drapeau, claironnées par un vieux tirailleur sénégalais.

TYPE CHILLOUK.

Mais de graves nouvelles engagent Marchand à s'établir solidement dans sa conquête. Il apprend que l'armée anglaise remonte le Nil en repoussant les Derviches vers Khartoum et que, d'autre part, un fort contingent mahdiste descend le Nil avec deux grands vapeurs pour rallier sous les murs de cette ville l'armée du prophète. Les travaux de défense sont à peine terminés, sous la direction du

capitaine Mangin, que le 15 août les deux vapeurs, remorquant des chalands chargés de 1.100 Mahdistes, arrivent en vue du fort Saint-Louis de Fachoda. Ignorant
peut-être la nationalité de la garnison, les Mahdistes enta-
ment contre elle un feu nourri. En moins de deux heures
de temps, leurs bateaux disparaissent, les uns coulés, les
autres criblés de balles avec 800 morts sur les ponts.

Vainqueur de derviches, maître de Fachoda et des
territoires du Bahr-el-Ghazal par droit de conquête ou de
tutelle légitime, Marchand pouvait écrire : « Aujourd'hui
le Bahr-el-Ghazal tout entier ne peut plus appartenir à
l'Angleterre qu'avec la volonté de la France ou d'une conférence internationale. »

Mais en septembre les événements se précipitent : le 2,
le sirdar Kitchener prend contact avec les masses derviches
dans la plaine d'Ondurman et, en jonchant la vallée du Nil
de 12.000 cadavres « démontre d'une manière éclatante la
supériorité de la civilisation britannique sur l'héroïsme
aveugle des barbares ». Puis à la tête de cinq canonnières,
d'un bataillon de grenadiers anglais, de deux bataillons
d'infanterie soudanaise, d'une batterie égyptienne d'artillerie et de maxims, il remonte le fleuve et vient camper
le 18 septembre à Babiou, village distant de 12 milles de
Fachoda.

Le lendemain les deux chefs européens se rencontrent.
Après un échange de compliments courtois, le sirdar montre avec ostentation les 2.500 hommes qui l'accompagnent
et déclare à Marchand « que la présence à Fachoda et dans
la vallée du Nil d'une troupe française constituait une
violation directe des droits de l'Egypte et de la Grande-
Bretagne. Il lui demande « s'il est prêt, par ordre du gouvernement français, à résister à l'exécution de ses instructions ». Marchand lui répond : « qu'il n'hésite pas à reconnaître l'écrasante supériorité numérique des troupes du
sirdar... Si toutefois lord Kitchener croit devoir engager
une pareille lutte, il se soumettra à l'inévitable : c'est-
à-dire que lui et ses compagnons se feront tuer à leur
poste. » Et devant l'irréductible décision du commandant,

lord Kitchener, qui sait le respect d'un officier français pour la consigne, n'ose pas ! Il se contente de hisser le drapeau anglo-égyptien à l'autre extrémité de la ville de Fachoda.

Ces deux soldats avaient accompli chacun son devoir : la parole était aux diplomates.

Le gouvernement français préoccupé de questions intérieures fort graves, à la dangereuse fermentation desquelles l'Angleterre avait trop d'intérêt pour ne pas s'être activement employée..., frappé d'impuissance par la volonté de ne jeter aucun trouble dans la préparation de l'Exposition Universelle qui le fascinait..., énervé par les clameurs déplacées de chauvins à courte vue..., ne se sentant pas en main la force matérielle voulue pour brusquer les événements, accumula fautes sur fautes : L'Angleterre lui réclamait Fachoda, il lui livra l'Egypte !

C'est ainsi que fut signée la convention du 21 mai 1899, qui formule la renonciation de la France sur les territoires du Bahr-el-Ghazal et la reconnaissance implicite du seul protectorat anglais sur l'ancien Soudan égyptien.

Tandis que nos diplomates s'égaraient dans le « sedd » de la fourberie britannique, Baratier, venu à Paris chercher les instructions du gouvernement français, rapportait, la mort dans l'âme, à Marchand l'ordre d'abaisser le drapeau français de Fachoda. Marchand forme alors le dessein grandiose de ne sortir de la terre d'Afrique que par une porte française, en ne foulant désormais qu'une terre amie... Et il s'achemine vers l'Abyssinie, pour gagner Obock, à travers l'empire de Ménélick.

Le 11 septembre 1898, à neuf heures du matin, Marchand quittait Fachoda; le 10 mars la mission entrait à Addis-Ababa et recevait à la cour de Ménélick la première de ces triomphales ovations qui devaient saluer son retour. Le 17 mai, elle atteignit Djibouti; treize jours après elle débarquait à Marseille.

Des nombreux éloges adressés au chef de la mission Congo-Nil, nous n'en retiendrons qu'un seul, pour conclure... celui d'un Anglais, lord Rosebery : « Vous savez, a-t-il dit aux élèves d'Epsom, que nous avons toujours eu un culte spécial pour le caractère et la virilité, et ce culte, nous l'observons non seulement pour les hommes de notre pays, mais aussi pour ceux des autres nations. Eh bien ! je vais vous donner l'exemple d'un homme qui s'est particulièrement distingué par sa virilité : j'ai nommé le commandant Marchand. C'est un Français; et il n'y a pas longtemps qu'il a accompli un voyage de trois années pour traverser toute l'Afrique, de l'ouest à l'est. Il a accompli ce voyage au milieu de difficultés incroyables, avec un nombre infime de compagnons de son propre pays, entouré et suivi par des sauvages dont il s'est conquis le dévouement, et il a obtenu dans cette entreprise un succès qui attachera pour toujours une grande gloire à son nom. »

CHAPITRE XII

Les Portes de la Mer Rouge.

Les travaux du canal de Suez n'étaient qu'esquissés, quand un simple agent consulaire de France à Aden, M. Lambert, pressentant que son ouverture définitive solliciterait les convoitises de l'Angleterre et provoquerait cette puissance à une main mise sur l'admirable voie commerciale et stratégique dont la France allait doter l'Europe, se préoccupa de nous assurer, à l'autre extrémité de la mer Rouge, la possession d'une forte position qui nous permît, le cas échéant, d'avoir notre chez nous à la porte des immenses caravansérails qu'allaient devenir Suez et Port-Saïd.

Les circonstances servirent à souhait M. Lambert. En échange d'un grand service rendu à Ibrahim-Abou-Bekr, sultan de Tadjourah, il obtint de ce chef en faveur de la France la cession du territoire d'Obock, haut promontoire dont les terrasses dénudées et effroyablement arides n'avaient d'autre avantage que de dominer les passes du détroit de Bab-el-Mandeb, et de pouvoir à peu de frais défier stratégiquement les batteries juchées à un prix fou par l'amirauté britannique au flanc des rocailleux pitons d'Aden.

Les avantages économiques de cette possession, pour n'être pas à cette époque bien formels, n'échappèrent pas davantage à M. Lambert; et, sur le dire d'Ibrahim-Abou-

Bekr, il y entrevit un nouveau débouché pour les caravanes
qui à ce moment ne fréquentaient que les marchés du Nil.

Mais l'ingérence de M. Lambert dans les affaires du Sultan, les amicales représentations qu'il lui adressa pour
réfréner la traite, causèrent sa perte : il tomba assassiné
à bord de son boutre par des matelots arabes à la solde des
traitants de Tadjourah. Le capitaine Fleuriot de Langle,
envoyé pour châtier les coupables, renoua aisément les relations rompues avec Ibrahim, et signa avec son cousin
Dihni-Ahmed, gouverneur de Zeilah, le traité du 11 mars

DJIBOUTI

1862 qui nous cédait pour 52.500 francs le territoire
d'Obock, du cap Doumairah au cap Ali, avec les îlots des
Soba.

Jusqu'en 1880, Paul Soleillet et quelques hardis commerçants, parmi lesquels M. Chefneux, furent peut-être les
seuls Français à se souvenir qu'il existait à l'entrée de la
baie de Tadjourah un territoire Français. Le premier ex-
plora l'hinterland du pays et augmenta l'étendue de la
colonie naissante, en signant avec Ménélick, roi du Choa,
le traité de mars 1883 qui nous donnait les ports de Sa-
gallo.

Mais c'est à M. Lagarde que sont dûs le développement

et la mise en valeur d'Obock. La guerre franco-chinoise de 1883-1885 donna d'ailleurs à sa façon de voir de solides arguments. Les Anglais en effet, aux premiers coups de canons de Courbet, s'étaient empressés de nous fermer leurs ports d'Extrême-Orient et la nécessité s'imposait au gouvernement de jalonner la ligne de Chine de dépôts de vivres et de charbon. M. Lagarde mit une incroyable habileté à tirer du désert dont il était gouverneur toutes les ressources nécessaires à l'installation de magasins de vivres, de dépôts de charbon, d'ateliers de réparations pour nos bâtiments. La station d'Obock put ainsi rendre à nos vaisseaux tous les services qu'on était en droit d'en attendre. Son territoire même s'étendit, par suite de l'établissement de notre protectorat sur les autres sultanats de la baie de Tadjourah.

La guerre terminée, on ne songea plus aux services rendus par cette escale, mais seulement au prix qu'elle nous coûtait. La cherté et la rareté des approvisionnements, le peu de profondeur du port, l'insuffisance d'eau potable, devaient bientôt écarter l'idée d'en faire pour nos grands paquebots un poste de ravitaillement et d'escale. En 1886, il était même question d'abandonner Obock.

Avec un sens très net des nécessités et des intérêts en jeu, M. Lagarde sut à la fois ménager le présent et préparer l'avenir. En face d'Obock, de l'autre côté du golfe de Tadjourah, se trouvait une rade bien connue des boutres arabes; elle offrait un développement considérable et de grandes profondeurs; les navires de fort tonnage pouvaient y mouiller en toute sécurité. Les indigènes donnaient le nom de Djibouti au plateau qui la domine, et l'on savait qu'un des chemins convergeant vers Djibouti aboutissait directement à Harrar, chef-lieu d'une province fort riche, occupée en 1887 par les troupes du négus Ménélick. Ce chemin traversait, il est vrai, des régions désolées sur une longueur de près de trois cents kilomètres, mais on n'ignorait pas qu'il était jalonné de distance en distance par des points d'eau suffisants.

C'est à Djibouti que M. Lagarde projeta de créer un second établissement.

A la fin de 1888, de nombreuses constructions étaient édifiées; puis, grâce aux commerçants, aux boutiquiers, aux trafiquants indigènes et aux nombreux habitants d'Obock, une petite cité active et grouillante s'élevait bientôt sur le plateau naguère inculte et désert.

La guerre de Madagascar, la rapide prospérité de l'empire abyssin contribuèrent au développement de Djibouti. Grâce à l'inlassable énergie de MM. Lagarde et Cheïneux, cette ville, qui compte aujourd'hui une population de 15.000 âmes, dont 2.200 européens, et de belles maisons en pierre, n'est pas seulement la première grande escale de nos vaisseaux et de nos paquebots sur les routes de l'Extrême-Orient et de Madagascar, elle est également devenue la tête de ligne d'une voie ferrée qui s'enfonce chaque jour plus profondément dans le Harrar, à travers la barbarie Somali, au-devant de la civilisation dont l'empereur Ménélick tient si glorieusement le flambeau dans son palais d'Addis-Abada.

Mais, si Djibouti constitue une importante position stratégique, on semble trop oublier que cette possession a un complément nécessaire. Presque en face de cette station, il est sur la côte arabique un coin de terre française, presque ignoré, étroit plateau entouré d'un amas de roches volcaniques dont les cimes dominent de 265 mètres le goulet du détroit de Bab-el-Mandel : c'est Cheikh Saïd.

Acquis en 1868 du Cheikh Ali-Tabatt-Doureim par des négociants de Marseille au prix de 425.000 francs, ce territoire forme un arc de cercle de 42 kilomètres de rayon et de 165.000 hectares de superficie. « Le vendeur, le Cheïkh Ali, dit M. P. Bonnetain, étant un souverain indépendant comme son père et tous ses aïeux, la Turquie ne protesta pas plus qu'elle n'avait protesté lors de l'occupation d'Aden et de Périm par les Anglais, occupation faite cependant de vive force, à main armée, sans achat préalable du sol. Il fallut pour émouvoir la Turquie les intrigues des agents anglais. En 1870, quelques soldats turcs tentèrent de plan

ter leur pavillon sur notre bien. Sans doute nous protes-
tâmes à Constantinople; et un de nos navires, le *Bruat*, fit
déguerpir les intrus; mais après maints pourparlers... le
règlement de l'affaire a été classé et on s'en est tenu au
statu quo. »

Agirons-nous à l'égard de Cheikh Saïd, avec la même
légèreté que le gouvernement de juillet, en 1840, à l'égard
de Périm ? On sait l'histoire... L'occupation d'Aden par les
Anglais, en 1839, ayant inquiété les hommes de Juillet, on
décida d'occuper l'îlot de Périm qui barre la sortie de la
mer Rouge. Le capitaine de frégate, chargé de l'opération,
mouille à Aden, invite le chef de la station britannique à
sa table et lui raconte le but de son voyage : les Anglais
portent un toast au succès de son entreprise. Mais quand
le lendemain matin ce malheureux officier atteignit Périm,
la première chose qu'il aperçut fut un drapeau anglais tout
neuf. « Périm était à prendre hier, lui dirent ironiquement
ses convives de la veille, puisque vous veniez pour le prendre : eh bien : nous l'avons pris ! »

Or, Cheïkh Saïd n'est situé qu'à une portée de fusil de
Périm (2.800 mètres); il domine l'île anglaise de 200 mètres; une batterie placée à Cheïkh Saïd pulvériserait en
10 coups les ouvrages anglais de Périm et serait la vraie
clef de la mer Rouge... Et pourtant cette batterie n'existe
pas encore !

15

CHAPITRE XIII

La Conquête de Madagascar.

Avant la Révolution, la France avait fondé, abandonné, puis rétabli un certain nombre de comptoirs sur les côtes de Madagascar, particulièrement sur celle du Sud, où Pronis et Flacour avaient jadis bâti Fort-Dauphin. Au cours des guerres du début du xixᵉ siècle, les Anglais s'étaient emparés de nos postes; néanmoins les traités de 1815 n'avaient entamé aucun de nos droits sur l'île.

Mais la situation politique de Madagascar, divisée autrefois en une multitude de petits royaumes indépendants, avait bien changé au cours des vingt années précédentes : un chef Andriane de nom d'Andrianampoïnimerina s'était, de 1787 à 1810, constitué un vaste royaume dans le centre du pays, l'Imérina, et son influence rayonnait jusqu'à la côte. Son fils Radama Iᵉʳ s'occupa de donner force et splendeur à sa jeune dynastie, avec le concours de quelques européens. Mais il eût la malencontreuse idée d'introduire dans son conseil un certain clergyman anglais sir R. Farqhuar dont les intrigues mirent bientôt en conflit les intérêts français et les appétits britanniques.

Cet intrigant affirma qu'il n'aurait de repos que le jour où le dernier Français aurait quitté l'île; et, pour hâter cet événement, il prétendit nous faire évacuer nos établissements sous prétexte que Madagascar n'était qu'une dépendance de l'île Maurice. Le prétexte était à la fois dangereux et paradoxal. Le cabinet de Saint-James désavoua officiel-

lement son agent, tout en excitant sous main le roi d'Ime-
rina à mobiliser son armée et à se jeter sur nos établissements de Pointe à Larrée, de Tintingue, de Fort-Dauphin
et de Foulepointe que nous sommes obligés d'évacuer
successivement de 1823 à 1826. Il ne nous restait que l'île
de Sainte-Marie, dont Sylvain Roux avait repris possession
définitivement en 1822.

Mais Radama meurt de l'abus des boissons alcooliques

REINE SAKALAVE ET SA COUR

que lui ont gracieusement fournies les révérends de Tananarive. Ranavalo la Vadibé, femme de Radama et chef du
parti national qu'effraient les intrigues des étrangers, monte
sur le trône howa, fait massacrer les membres de la famille
de son mari, sauf son neveu Ramenetak, déchire tous les
traités passés avec les européens, et inaugure contre tous
les étrangers sans distinction une série de vexations qui
obligent un grand nombre à quitter le pays.

C'est alors qu'une expédition, préparée en France pour
venger l'insulte faite au drapeau, met à la voile vers la

fin de juillet 1829, sous les ordres du capitaine de vaisseau
Gourbeyre. Elle mouille devant Tamatave, remet au commandant de la place un ultimatum destiné à Tananarive,
et va reprendre Tintingue en attendant la réponse du gouvernement howa. A la fin de septembre, Gourbeyre, n'ayant

INDIGÈNES DU NORD-EST

trouvé à son retour de Tamatave aucune réponse de la
reine, bombarde et incendie la ville; puis il se rend à Foulepointe qu'il a reçu l'ordre de détruire ainsi d'ailleurs que
tous les autres forts de la côte. Le bombardement s'effectue
aisément; puis l'ennemi s'étant retiré dans une forte redoute
située à l'intérieur, hors de la portée des canons de marine,
le commandant fait débarquer les quelques compagnies

dont il dispose et dont la maladie a singulièrement diminué
les effectifs. Malgré leur vaillance nos soldats sont repoussés : leur retraite fut si pénible que les morts et une partie
des blessés furent abandonnés sur le terrain; les têtes de
nos malheureux soldats furent promenées par tout le pays
comme trophées de victoire; la destruction du fort de
Pointe à Larrée, près Foulepointe, ne put compenser le
désastreux effet produit par notre échec.

De nouvelles persécutions contre les européens obligèrent en 1845 l'Angleterre et la France à s'unir contre les
howas. Tamatave fut de nouveau bombardée : mais une
descente à terre fut suivie d'un second échec.

Cependant deux Français avaient réussi à se maintenir
chez les howas, M. de Lastelle qui avait fondé dans le
pays d'importants établissements agricoles et M. Jean Laborde qui y avait créé de grandes industries. Leur démarches réussirent à renouer les relations entre le gouvernement indigène et les gouvernements étrangers.

« C'est alors qu'arriva à Tananarive M. Lambert, un
Français de Maurice qui venait de sauver d'un désastre
certain la garnison howa de Majunga bloquée par les Sakalaves. Ce service signalé lui valut le crédit de la reine.
MM. Lastelle et Laborde lui exposèrent un projet qu'ils
avaient formé et auquel Rakoto, futur successeur de Ranavalo, donnait plein assentiment : l'exploitation de Madagascar devait être concédée à une société européenne;
comme garantie de l'entreprise, le protectorat de la France
serait reconnu sur toute l'île, à condition que la France
elle-même reconnaîtrait définitivement l'autorité des howas
sur le pays. Lambert vint à Paris soumettre ce projet à
l'empereur qui eut la légèreté de le divulguer. On en eut
vent à Tananarive et on y vit une conspiration contre la
reine et ses ministres. MM. Lambert et Laborde furent
aussitôt expulsés, leurs biens confisqués; les persécutions
reprirent de plus belle contre les chrétiens howas et
l'Emyrne une fois de plus se couvrit de sang (juillet 1857).
M. Laborde ne put rentrer dans ses domaines que 3 ans
plus tard, rappelé par le prince Rakoto, et quelques jours

après la mort de Ranavalo, décédée le 16 août 1861, à 81 ans. »

Rakoto ne devait régner que 21 mois, sous le nom de Radama II, et payer de sa vie son intelligente affection pour les idées européennes. Sa veuve Rasoherina est proclamée reine et abandonne Madagascar au vieux parti national. Toutefois elle se décide un peu avant sa mort (1868) à reprendre de superficielles relations avec la France et à agréer comme consul M. Laborde, auquel elle accorde de particulières marques de confiance. Elle avait épousé en 1864 un des favoris de Ranavalo I, complice de l'assassinat de Radama II, l'intrigant Rainilaiarivony qui s'était proclamé premier ministre. De caractère fourbe et adroit, cet homme allait bientôt se faire l'arbitre des destinées howas : par son égoïsme effréné, son esprit d'intrigue et sa duplicité il devait provoquer les événements qui amenèrent la conquête de Madagascar par les armes françaises.

Veuf de Rasoherina, il réussit non sans peine à se maintenir comme premier-ministre époux de Ramano, cousine de Rasoherina, proclamée reine sous le nom de Ranavalo II.

Nos revers de 1870, les difficultés intérieures qui s'ensuivirent lui donnèrent une idée malsaine de notre faiblesse. M. Laborde étant mort après avoir mis au service de la cause française son intelligence, sa fortune et son influence personnelle, Rainilaiarivony refusa de mettre ses deux neveux en possession de son héritage dont la valeur immobilière seule dépassait un million; puis il ne consentit à leur remettre les biens mobiliers de leur oncle qu'à condition qu'ils ne pourraient jamais les aliéner.

M. Baudais, nommé consul de France, montre la plus grande énergie à défendre les intérêts de nos nationaux; mais il doit bientôt se retirer devant l'attitude chaque jour plus menaçante d'énergumènes soudoyés par le premier ministre, qui déchaînent à nouveau sur les Européens la sauvage barbarie des vieux howas.

Le gouvernement français, après dix ans de pourparlers inutiles, se décide à agir énergiquement : le 15 février 1883, le contre-amiral Pierre quittait Toulon porteur d'un ulti-

TANANARIVE (FACE OUEST)

matum enjoignant à la reine de céder en toute propriété
à la France le nord de l'île jusqu'au seizième parallèle,
d'accorder aux Français une indemnité d'un million, de
subordonner désormais sa politique extérieure au contrôle
de la France. Il arrivait le 16 mai à Majunga où il plantait
le drapeau français. Le lendemain Tamatave s'écroulait

M. LE MYRE DE VILERS

sous nos obus; les débris de la garnison s'enfuyaient à Farafate. Nous étions maîtres des deux principaux ports de
l'île; une marche rapide sur Tananarive s'imposait; l'heure
de la conquête définitive semblait venue. La fatalité des événements allait la reculer de douze années encore.

En effet Ranavalo II meurt et Razafindrahiry, petite
nièce de Radama I, monte sur le trône, le 22 novembre,
sous le nom de Ranavalo III. Cet événement ne changeait

rien à la situation, car, en vertu de l'usage, la nouvelle reine épousait le premier ministre resté en fonctions, le vieux Rainilaiarivony. Mais l'entreprenant amiral Pierre meurt à son bord, et son successeur, le contre-amiral Galiber, après avoir occupé Vohémar, Fort-Dauphin et Foulpointe, se laisse entraîner à des négociations qui échouent. L'amiral Miot lui succède et reçoit l'ordre d'attaquer les fortifications de Farafate avec les moyens dont il dispose : il obéit, décime l'armée howa; mais faute d'effectifs suffisants il ne peut forcer les lignes ennemies. Néanmoins Rainilaiarivony, en apprenant la signature du traité de paix avec la Chine, eut peur que le gouvernement français ne dirigeât aussitôt sur Madagascar les forces rendues disponibles par la cessation des hostilités; et, le 17 septembre 1885, il signait le protocole d'un traité que lui présentait notre consul, M. Patrimonio, et que les Chambres ratifiaient le 27 février 1886.

Le protectorat de la France était reconnu sur Madagascar; un résident français, accompagné d'une escorte militaire, devait présider à toutes les relations extérieures du gouvernement de la reine qui conservait l'administration intérieure de l'île; les citoyens français pouvaient posséder et négocier librement dans toute l'étendue de l'île. Le territoire de la baie de Diégo-Suarez serait occupé par la France qui se réservait le droit d'y faire les installations à sa convenance.

M. Le Myre de Vilers, dont la fermeté et l'habileté avaient rendu précédemment de si éminents services en Indo-Chine, fut notre premier résident général à Tananarive; il s'efforça de montrer aux indigènes par le train d'existence de la résidence aussi bien la puissance que le bien-être de la civilisation française.

Mais les difficultés renaissent presque aussitôt avec le palais de la reine, et Rainilaiarivony met la plus grande mauvaise foi à exécuter les clauses du traité de 1885. M. Le Myre de Vilers n'était pas plutôt installé qu'une bande de soldats howas ayant à sa tête Mariovolo, propre fils du premier ministre, envahissait les jardins de la résidence, le soir de la première fête qui y était donnée, enlevait les musiciens et rouait de coups quelques domestiques. Notre résident général dut exiger impérieusement des excuses et une indemnité qui furent d'ailleurs accordées sur-le-champ. Puis les intrigues britanniques se renouent à la cour par l'intermédiaire des missionnaires de la London Missionnary Society, de la Friends Foreign Association, etc... En juin 1886, le gouvernement howa prétend donner, en échange d'un prêt de 20 millions, à Abraham Kingdon, chef des méthodistes anglais, le mo-

LA RADE DE DIÉGO-SUAREZ

nopole des douanes, des mines et d'une banque d'État. M. de Vilers arrête net ce projet et fait concéder ces avantages au Comptoir d'escompte de Paris. Enfin, en décembre, le premier ministre prétend se passer de l'avis de la France pour accorder l'exequatur aux consuls étrangers; M. de Vilers répond à cette prétention en amenant le pavillon de la résidence et en menaçant de rompre toutes relations avec le Palais. Rainilaiarivony n'insiste pas. En 1888, les malversations de l'anglais Digby Villoughby, général des armées howas, sont dévoilées publiquement; le coquin est conduit sous bonne escorte à Tamatave et embarqué de force pour l'Europe.

Enfin M. de Vilers, remplacé à Tananarive en 1889 par M. Bompard, quitte l'île après avoir obligé le gouvernement howa à châtier les incursions des tribus pillardes de la côte ouest qui s'étaient autorisées des rancunes de la cour d'Emyrne contre notre domination pour piller les commerçants français de la région de Tuléar.

Mais en 1891, les incidents s'accumulent; fatigué de la contrainte qui lui est imposée depuis cinq ans, menacé par les sourdes menaces du vieux parti national, savamment poussé par les méthodistes anglais dont l'influence est compromise, le premier ministre se montre également rebelle aux conseils et aux menaces de M. Bompard.

En 1894, la situation est devenue telle qu'une occupation militaire semble inévitable. Toutefois, avant d'en venir à cette extrémité, le gouvernement français essaie d'une dernière tentative de conciliation. Il fait appel au patriotisme de M. de Vilers et le prie de mettre une fois de plus son énergie et son autorité au service du pays.

Dès son arrivée à Tananarive notre plénipotentiaire reconnaît que la situation est désespérée. En effet tous ses efforts pacifiques échouent; le 22 octobre, il amène le pavillon de la Résidence.

Cette fois le sort en était jeté : c'était la guerre.

Le 8 décembre 1894, le parlement met à la disposition du gouvernement 65 millions pour la formation d'un corps expéditionnaire dont le commandement est confié au général Duchesne, et pour les opérations de la division navale placée sous les ordres de l'amiral Bienaimé.

L'expédition devait compter en tout 15.000 hommes répartis en 2 brigades et 46 pièces d'artillerie; le général de Torcy était adjoint en qualité de chef d'état-major au général Duchesne qui avait comme brigadiers les généraux Metzinger et Voyron.

Le 11 décembre 1894, l'amiral recevait à Tamatave notification de l'état de guerre; dès le lendemain il mettait à terre un détachement de troupes de la marine qui s'emparait de la place après un court engagement et rejetait les howas derrière leurs lignes de Farafate. De son côté, la garnison établie à Diégo-Suarez tenait en échec les postes howas du nord. Le mauvais temps ne permet de reprendre qu'en février 1895 les opérations qui doivent préluder au débarquement du corps attendu de France. Le 12, la division navale, à la demande des chefs Sakalaves, chassait l'ennemi de la baie de Passandava, au sud de Nosy-Bé; trois jours après, deux compagnies d'infanterie

LE GÉNÉRAL DUCHESNE

de marine et une section d'artillerie amenées de Diégo-Suarez occupaient Majunga, point choisi pour le débarquement de l'armée.

Le général Metzinger, commandant l'avant-garde du corps expéditionnaire, débarque à Majunga le 1er mars avec 10 compagnies, huit pièces d'artillerie et un détachement du génie et du train. Comme le cours de la Betsiboka doit être employé au transport d'une partie des troupes et du matériel, le général Metzinger en balaie les deux rives et brise au village de Miadana une sérieuse tentative de résistance des howas.

Le retour du beau temps et l'arrivée de nouvelles unités permettent à notre avant-garde de frayer la route de l'est que barrait, à 75 kilomètres de Majunga, le poste de Marovoay. Les howas l'occupaient en force et avaient accumulé leurs moyens de défense sur un front de 10 kilomètres, au sommet des crêtes qui s'étendent de Marovoay à Ampasilava. Le 2 mai, trois colonnes abordent ces redoutables positions : la première, sous les ordres du général Metzinger, enlève les redoutes d'Ampasilava et bouscule l'ennemi dans le marais qui s'étend au sud de Marovoay; la seconde, sous les ordres de l'amiral Bienaimé, enlève le fort de Marovoay; la troisième, commandée par le capitaine Delbousquet, malgré une marche pénible à travers les marécages, arrive à temps pour transformer en déroute la retraite des howas. Le lendemain, le lieutenant-colonel Pardes, avec ses tirailleurs algériens, faisait rebrousser chemin près de Manoanga à un corps de 2.000 howas qui arrivait de l'Emyrne, le rejoignait le 16 mai à Ambodimonty, lui tuait 60 hommes, lui enlevait un canon et une grande quantité de munitions.

Le général Duchesne, débarqué le 6 mai à Majunga, allait pouvoir en toute sécurité s'engager dans la vallée de la Betsiboka.

La marche en avant commence le 19 mai. L'ennemi n'oppose qu'une très faible résistance.

Le général « la Fièvre», comme il disait, n'allait-il pas bientôt obliger les Français à quitter Madagascar, si même il en laissait sortir un seul de l'île? Néanmoins, le 9 juillet, tout le corps expéditionnaire était concentré à Ambato, et, grâce aux admirables travaux du génie qui venait de lancer un pont sur la Betsiboka et de frayer 250 kilomètres de route aux voitures, était en communication aisée avec Majunga.

Mais les fatigues supportées par nos troupes jusqu'à ce jour n'étaient rien en comparaison de celles qui les attendaient au delà d'Ambato. Affaiblies par le climat, décimées

par la fièvre, elles n'arrivèrent qu'au prix de souffrances
héroïquement supportées au pied des monts Ambohimena.
Une armée howa de 5.000 hommes occupait près d'An-
driba les crêtes admirablement fortifiées de ce premier gros
bastion occidental de l'Emyrne. Le 21 août, la brigade
Voyron massait son artillerie à petite portée des retranchements ennemis et les couvrait d'une pluie d'obus. Les
howas, démoralisés par ce feu meurtrier, évacuaient successivement six postes fortifiés, puis leur camp, laissant
plus de 600 tués ou blessés sur le terrain, nous abandonnant 7 canons et une énorme quantité d'approvisionnements de toute espèce. La route du plateau d'Emyrne nous
était ouverte.

Cependant les difficultés croissantes de la route et aussi
la menace dissimulée d'une intervention anglaise décident
le général en chef à en finir vite : il organise une colonne
légère de 4.000 hommes avec 22 jours de vivres, 140 cartouches par homme et 1.200 projectiles pour 12 pièces de
80 de montagne, et la lance en avant le 14 septembre. Elle
passe, le 15, sur un corps de 6.000 howas à Tsinainondry,
et vient camper le 17 au pied des grands Ambohimena, dont
le formidable rempart semble protéger l'Emyrne contre
l'invasion. L'armée howa en retraite était venue s'y reformer, et renforcée de la garde royale frais arrivée de
Tananarive, se préparait à une sérieuse résistance. Vigou-
reusement attaqués de front et débordés de chaque côté
par nos troupes, les howas abandonnent leurs inexpugna-
bles positions et s'enfuient d'une seule haleine à 45 kilomètres dans le sud, incendiant tous les villages sur leur
passage. Le 29, après une série de vifs engagements d'arrière-garde et d'avant-garde, l'armée arrivait au village
d'Ilafy, à 8 kilomètres à vol d'oiseau du palais de la reine.

Le 30 septembre, le correspondant du *Temps* télégraphiait à Paris :

« Nous n'avions pas encore quitté nos tentes que déjà les
obus tombaient sur notre bivouac; en même temps notre
arrière-garde était attaquée à coups de canons et de fusils
par les howas, dont on avait signalé la présence la veille

L'IKOPA PRÈS DE SES SOURCES

TANANARIVE (Le boulevard des Canons)

au soir, du côté d'Ambohimanga et qui avaient mis deux
pièces en batterie sur la place du marché de Sabotsy. Ils
trouvèrent devant eux une compagnie d'infanterie de
marine et les haoussas sous les ordres du colonel de Lorme.
Ceux-ci supportèrent vaillamment l'attaque pendant plus
de six heures. Mais il fallait en finir; conduits par de vigoureux officiers, ils se portèrent au devant de l'ennemi, com-
binèrent une attaque de front et une attaque de flanc, se
jetèrent sur les howas à la baïonnette, les mirent en déroute et s'emparèrent des 2 canons qui les mitraillaient
depuis le matin.

« Pendant que s'accomplissait ce beau fait d'armes, la
brigade Voyron allait s'installer sur les collines nord-est,
tandis que la brigade Metzinger exécutait un grand mouvement tournant par derrière les collines d'Ilafy. Elle eut
d'abord à repousser de nombreux tirailleurs ennemis; puis
son artillerie riposta habilement à trois batteries établies
sur les hauteurs d'Ampanatonandoa; trois fois les howas
évacuèrent leurs positions, mais trois fois ils les reprirent
tirant toujours sur nous; les obus arrivaient juste, sans
éclater heureusement pour la plupart. Enfin leur feu
s'éteint, et le général Voyron prend une position d'attente,
surveillant son flanc gauche et guettant l'arrivée de la brigade Metzinger.

« Nous l'apercevons un instant sortant du village d'An-
draïsoro; elle est reçue par un feu de mousqueterie des
plus vifs; deux compagnies de tirailleurs algériens enga-
gées imprudemment sous ce feu d'enfer sont obligées de
reculer, laissant en quelques minutes 23 blessés sur le
terrain; mais cet échec est vite réparé et la brigade continue sa marche. Nous attendons avec anxiété. Enfin le
bataillon malgache qui servait d'avant-garde au général
Metzinger parut, gravissant les hauteurs d'Ankatso qu'il
enlève et occupe fortement. Puis l'artillerie prend position
en face de l'Observatoire; le bataillon malgache y arrive
presque en même temps que notre dernier obus. Les howas
ont beau revenir à la charge, ils sont débordés et abandonnent 2 canons. Alors se passa un fait d'une ironie

cruelle. Nos officiers, s'improvisant artilleurs tournèrent les pièces howas contre Tananarive, en réglèrent empiriquement le tir, l'ennemi ayant enlevé les hausses, et le premier obus qui tomba sur le palais de la reine fut un obus howa tiré d'un canon howa par des officiers Français. L'artillerie du général Metzinger vient alors à la rescousse,

UN BOTONA

pendant que le général Voyron occupe avec l'infanterie de marine (dont la manœuvre est vraiment admirable), les hauteurs immédiatement voisines de Tananarive. Il est trois heures; le bombardement commence. C'est sur le palais de la reine que tirent les canons de la 1re brigade; la 2e dirige ses coups sur celui du premier ministre. Les canons howas ripostent de partout, de la terrasse du palais principalement. Mais nos obus à la mélinite réservés pour cette circonstance ont des effets terrifiants et font dans les rangs ennemis de nombreuses victimes. Rien que sur la terrasse du palais 35 howas sont tués d'un seul coup, 18 d'un second; le tir se précipite. Encore un quart d'heure de bombardement et l'assaut va être donné par 6 colonnes qui attendent le signal, impatientes.

« Tout à coup nos jumelles braquées sur le palais de la reine, y voient apparaître un drapeau blanc; c'est la ville qui se rend. Le bataillon malgache, toujours agile, s'est déjà engagé dans les rues de Tananarive et rencontre

LE PALAIS DE RADAMA II

des parlementaires pressés d'arriver près du général en chef... Le feu cesse partout.

« Le général en chef exige que des parlementaires, plus qualifiés que ceux qui se présentent et munis de pouvoirs, se rendent auprès de lui, en moins de trois quarts d'heure, sans quoi le bombardement recommencera. Vingt-cinq minutes après, un fils du premier ministre, Radilifera, l'ancien ministre des affaires étrangères Andriamifidy et l'interprète Marc Rabib'soa acceptent les conditions du vainqueur : entrée immédiate dans la ville, soumission sans conditions, désarmement et envoi immédiat de courriers pour arrêter les hostilités possibles contre un convoi que nous attendons.

« L'orgueil howa est brisé. Le général « Fièvre » a été

battu, et combien d'autres avec lui. Il a fallu pour cela
une poignée de braves. Honneur à la colonne légère ! En
seize jours elle a livré huit combats, poursuivi sa route
sans broncher, ne s'est laissé arrêter par aucun obstacle et
n'a voulu se reposer que dans Tananarive vaincue, soumise,
désarmée. »

Le 1er octobre, à huit heures du matin, le général Duchesne faisait son entrée dans Tananarive dont le général
Metzinger était nommé gouverneur. La ville ne contenait
plus guère que des esclaves. Le cortège dut escalader les

FIANARANTSOA

rues hérissées de barricades pour défiler devant le palais
et gagner la résidence française où fut hissé le drapeau
national.

Dès le 2 octobre, Rainilaiarivony, qui n'avait rien oublié
et rien appris, voulut recommencer son petit manège d'autrefois; on le surprit passant des ordres pour que rien ne
fût fait de ce qui avait été convenu par la capitulation; il
fut aussitôt arrêté avec ses acolytes et chambré. Il devait
quelque temps après être expédié à Tamatave et de là à
Alger.

C'est le 3 octobre qu'eut lieu la première entrevue de la

reine et du général Duchesne qui eut la courtoisie de faire rehisser son pavillon royal sur le palais... dans les caves duquel on venait de découvrir 10.000 sacs de poudre entassés par les howas pour le faire sauter !

Les hostilités, arrêtées en octobre par la reddition de Farafate, ne devaient être tout à fait terminées qu'en novembre par la répression d'un mouvement insurrectionnel.

Le centre du soulèvement fut dans la province d'Arivoni-

INDIGÈNE SAKALAVE

mamo. Le jour même de la fête du Bain, les rebelles, conduits par les sorciers fanatiques dont le but était de chasser les étrangers et de ramener le peuple à l'ancien culte des idoles, font périr au milieu de cruels tourments le pasteur Johnson, sa femme et sa fille, ainsi que le gouverneur howa et un de ses officiers. Trois compagnies malgaches envoyées à Arivonimamo se heurtent à 8.000 rebelles et ont à supporter sept assauts. Le 25 novembre, l'ennemi décimé par le feu de nos armes perfectionnées était dispersé. Un autre foyer insurrectionnel était en même temps éteint dans la province d'Andevorante et les rebelles aisément soumis.

M. Laroche, nommé résident général, arrivait à Tananarive en janvier 1896 et faisait signer à la reine un acte unilatéral qui réglementait le régime d'un protectorat dont les clauses sauvegardaient en principe la dignité et l'autorité de Ranavalo, tout en établissant formellement la suprématie de la France à Madagascar.

INDIGÈNE DU SUD-EST (Fort-Dauphin)

La tranquillité toutefois ne devait guère durer. Les hovas, revenus de la surprise que leur avait causée la marche rapide de la colonne légère, et interprétant comme une faiblesse la modération du vainqueur « que d'aucuns méprisaient pour la simple raison qu'il leur avait laissé leurs biens » reprennent espoir en voyant partir du pays une partie des faibles effectifs qui en ont si aisément fait la conquête.

L'agitation qui suivit presque immédiatement la prise de Tananarive provint de deux sources : dans l'Emyrne,

ce furent principalement les fonctionnaires howas qui allu-
mèrent les foyers de la révolte : le retour de la justice dans
le pays était leur ruine. En dehors de l'Emyrne, les
peuplades asservies à la dynastie howa virent dans la défaite de leurs oppresseurs une occasion favorable de se-

co[u]er le joug; elles prirent les armes, englobant dans la
même haine fonctionnaires howas et français.

En janvier 1896, l'arrivée de contingents rappelés à la
hâte permet la formation de colonnes qui parcourent le
nord et le sud-est et dégagent complètement la route de
Tananarive. En juillet, l'insurrection se rallume; elle devient générale en Emyrne, dans la vallée du Mangoro et

et dans tout le pays d'Ambatondrazaka : nos soldats sont obligés de livrer une série de combats, dont les plus meurtriers eurent pour théâtre la région d'Ambatondrazaka.

En septembre, le gouvernement rappelle M. Laroche, qui n'a fait qu'entraver par l'humilité de son attitude l'énergique direction que le général Voyron s'est efforcé de donner à la répression. Le général Galliéni remplace cet ancien préfet, et réunit entre ses mains les pouvoirs de résident général et de commandant en chef du corps d'occupation.

Mettant au service du pays la solide expérience acquise au Soudan, au Tonkin et en Chine, cet officier supérieur devait par ses grands talents de soldat et d'administrateur faire en dix-huit mois de Madagascar une de nos plus belles colonies.

Le nouveau gouverneur applique, dès son arrivée, une politique très ferme. Il frappe l'insurrection à la tête : l'oncle de la reine et le ministre de l'intérieur, Rainandriamampandry, sont traduits devant le conseil de guerre et exécutés, leurs complices exilés. Bientôt le général tient la preuve que l'aristocratie howa ne se sert du nom de Ranavalo que pour répandre de dangereux conseils parmi les indigènes. La déchéance de la reine est proclamée le 28 février ; Ranavalo est expédiée par la voie la plus rapide à La Réunion : quelques mois plus tard à Alger. Les Malgaches acceptèrent le fait accompli, et le Parlement français approuva l'acte du général. Madagascar était enfin colonie française !

L'hégémonie howa, qui jusqu'à ce jour a si bien servi la révolte, est impitoyablement brisée. Dans les pays pressurés par la vieille hiérarchie howa, l'autorité est rendue aux chefs des races autochtones et appuyée par la présence de milices encadrées d'européens. Renouvelant la méthode qui lui a si bien réussi au Soudan, le général Galliéni concentre ses forces dans l'Emyrne, puis par bonds successifs repousse les howas insoumis en dehors de cette région, en ayant soin d'y empêcher leur retour par l'installation d'une sorte de muraille de postes, en arrière de laquelle il organise librement le pays conquis.

Nous ne saurions retracer tout au long les brillantes et dangereuses opérations qu'exécutèrent à travers les monts, les forêts et les marécages du plateau central, le colonel Combes, les lieutenants-colonels Sucillon et Gonard, et raconter tous les brillants faits d'armes de nos jeunes officiers, dont l'intelligente initiative n'eut d'égale que la bravoure. Grâce à eux tous, la fête du 14 juillet 1897, qui succédait à l'ancienne fête du Bain de la Reine, fut célébrée dans l'Emyrne pacifiée et déjà livrée à l'activité de nombreux colons. Seul Rabozaka, l'un des principaux chefs de l'insurrection, tenait encore dans les forêts de l'est; traquées de tous côtés, décimées à chaque rencontre, réduites à la plus atroce misère, ses bandes résistèrent jusqu'en février 1898. Mais le 20 février, le vieux révolté, acculé par le commandant Pourrat, faisait sa soumission.

Si le nord, le centre et l'est de Madagascar pouvaient dès lors être ouverts à la colonisation en toute sécurité, deux régions échappaient encore à notre influence : celles des Sakalas et des Baras. Comme ces régions, par suite de leur fertilité, comptaient parmi celles dont la colonisation pouvait tirer les plus grands avantages, le général Gallieni résolut de procéder à leur occupation.

Les Baras et les Tanalas du Betsiléo sont débusqués des massifs inaccessibles d'Ikongo, et leur chef Isambo fait sa soumission. La province de Fort-Dauphin est définitivement pacifiée, en juin 1898, par le capitaine Brulard.

A l'ouest, la lutte fut plus pénible et plus longue. Le commandant Gérard, se porte en septembre 1897 sur le Ménabé, où le roi Toréa a concentré des forces nombreuses : il balaie les rives de la Tsiribihina et enlève à la baïonnette la capitale Ambiky. Puis nos détachements sillonnent la vallée du fleuve où règne la plus épouvantable anarchie : les reines Bibiasse et Fatoma, les rois Monrosy et Vaso sont chassés de leurs villages où nous installons des postes qui achèvent la conquête du pays Ménabé.

Dans la province de Tulléar, les Baras du roi Imamono sont dispersés; le cours de l'Onilahy est reconnu et dégagé des partis rebelles qui en infestaient la vallée.

En 1899 la pacification de l'île pouvait être considérée
comme terminée, l'ordre ne devait plus dépendre que de la
sévérité de notre police militaire.

L'œuvre d'organisation et celle de mise en valeur avaient
marché parallèlement. Les principaux centres régionaux,
Tamatave, Majunga sur la côte, Tananarive, Fianarantsoa
à l'intérieur, acquièrent une importance nouvelle. En dehors
de l'abolition de l'esclavage, des réformes financières et
judiciaires, l'attention du général Gallieni s'est portée sur
trois points essentiels : l'établissement de voies de communications, la fondation de colonies agricoles et le développement de l'instruction publique : ouverture de routes, installation d'un réseau télégraphique, études préparatoires
à l'établissement de voies ferrées, construction de travaux
d'art sur les fleuves; fondation de stations agronomiques,
de jardins d'essais, de pépinières et de haras, introduction
de cultures spéciales; organisation d'un enseignement pri-
maire officiel en dehors de toutes préoccupations confes-
sionnelles, d'une école normale professionnelle placée sous
le patronage de M. Le Myre de Vilers, d'une école de médecine, d'un cours d'hygiène, etc., telles sont les belles vic-
toires pacifiques qui viennent encadrer l'œuvre militaire du
général Gallieni. « Nous ne pouvons, disait-il un jour,
espérer trop transformer les vieux Malgaches : c'est à la
nouvelle génération qu'il faut nous attacher; c'est à elle que
nous devons imposer notre langue, nos mœurs et aussi
l'amour de notre patrie ! » Et la génération nouvelle des
jeunes Malgaches a déjà fait au général une réponse dont
peut être fier le patriotisme de ce grand Français.

TABLE DES MATIÈRES

Pages.

CHAPITRE   I. — La Conquête de l'Algérie.   5

—   II. — La France au Sénégal.   37

—   III. — Dans l'Afrique du Nord :

       I. Le Protectorat Tunisien.   47

       II. Chez les Touaregs du Nord.   62

—   IV. — Dans l'Afrique Occidentale (1880-1888). . . .   73

—   V. —   Id.   id.   (1888-1893). . . .   101

—   VI. — La Guerre du Dahomey.   123

—   VII. — Dans la Boucle du Niger.   135

—   VIII. — La Prise de Samory.   149

—   IX. — L'Œuvre de M. de Brazza.   161

—   X. — Sur les routes du Tchad.   173

—   XI. — L'Épopée de Fachoda.   203

—   XII. — Les Portes de la Mer Rouge.   221

—   XIII. — La Conquête de Madagascar.   227

Imprimerie de Poissy — Lejay Fils et Lemoro.

L'esprit voyageur et colonisateur de la race française.

1re PÉRIODE
Les Origines (XIVe siècle — 1600).
Les Voyageurs et les Marchands. — Les Projets de Coligny. — Les Aventuriers aux Pays de l'Or.

2e PÉRIODE
Le plus grand Empire (1600-1750).
La Politique coloniale sous la Monarchie. — Les premiers Établissements français en Amérique. — Le Régiment de Carignan. — Les Français en Louisiane. — Anglais et

Iroquois contre le Canada. — La France Équinoxiale. — André Brüe au Sénégal. — La France Orientale. — La Compagnie des Indes Orientales.

3e PÉRIODE — **Le Déclin** (1750-1830).
Le Déclin et ses Causes. — La Perte du Canada. — La Perle de l'Indoustan. — Les derniers Épisodes du Déclin; l'Effondrement; 1815.

4e PÉRIODE — **La Renaissance** (1830-1870).
La Conquête de l'Algérie. — La Renaissance du Sénégal. — À travers les Oasis du Pacifique. — La France en Indo-Chine.

5e PÉRIODE
L'Empire actuel (1870-1900).
La France dans l'Afrique du Nord : 1o Le Protectorat tunisien; 2o Chez les Touaregs du Nord. — La Conquête du Tonkin — La France au Soudan (1880-1888). *— La France au Soudan* (1888-1893). *— La Guerre du Dahomey. — Dans la Boucle du Niger. — La Prise de Samory. — L'Œuvre de M. de Brazza. — Sur les Routes du Tchad. — L'Épopée de Fachoda. — Les Portes de la Mer Rouge. — La Conquête de Madagascar. — Les Satellites de Madagascar.*

Paris. — E. KAPP, imprimeur, 83, rue du Bac.

www.ingramcontent.com/pod-product-compliance
Lightning Source LLC
Chambersburg PA
CBHW070504030726
47503CB00004B/1164